新潮文庫

春待ち雑貨店　ぷらんたん

岡崎琢磨著

目次

暴いて、選り分けて、見つけるもの　彩瀬まる

春待ち雑貨店

ぷらんたん

ひとつ、ふたつ

1

――考えさせてください。

北川巴瑠《きたがわはる》は、その一言を絞り出すので精いっぱいだった。

京都市北区、北山と呼ばれる一帯は、市内でも瀟洒《しょうしゃ》なエリアとして知られる。下京区を中心とする繁華街からは離れ、北山通沿いに洋風で落ち着いた雰囲気のカフェや雑貨店が建ち並んでおり、近くには府立植物園やコンサートホールもある。

その北山の一角にある、少し高級なフレンチのお店に、巴瑠はいた。日曜の夜、店内は和やかな談笑に満ちている。壁で三方を囲まれた半個室の空間は暖かみのある電球の光で照らされ、真っ白のクロスが敷かれた正方形のテーブルの向かいには、恋人の桜田一誠《さくらだいっせい》がいた。

彼の素朴で飾らない、穏やかな性格が巴瑠は好きだった。昨年ともに三十歳を迎えた二人だが、どこか学生時代のような気安さがある。

だから今日、このお店に連れてこられたとき巴瑠は、一誠にしてはちょっぴり気取ったチョイスだな、と感じた。けれども今宵は、二人が交際して半年を迎えた記念のディナーという名目があった。特別な夜ではあったので、ささやかな違和感も、ドアをくぐった瞬間にかいだそのお店のにおいのように、少し経《た》つともはや意識に上ることさえなくなっていた。

そう、二人の交際はまだ、たったの半年だった。少なくとも、巴瑠は《たったの》と考えていた。予想だにしなかったのだ——まさか今日、結婚を申し込まれようとは。

「考えさせてください」

答えるまでに、沈黙があった。せいぜい十秒かそこらの沈黙だったけれど、もしかしたら一誠はそれを永遠のように感じたかもしれない。

眼鏡の奥で彼の瞳《ひとみ》はつかの間、まぶたの中を跳ね回るピンボールのようだった。上ずった声が返る。

「あ、うん、ごめん。突然だったからね」

テーブルの上に差し出されていた、指輪のケースが引っ込められた。ぱたん、と音を立てて閉じたとき、彼がそこに大事な気持ちまで閉じ込めてしまっていないことを巴瑠は祈った。

「考えてくれたらうれしいな。返事はまた、今度でいいから」

「……ごめんなさい」

「いいんだよ」

食事はすでに一段落していた。いつもなら次のお店を探すか、どちらかの家へ行く時間帯である。だが、その日は自然と帰る流れになった。

店を出ると、二月の寒さは身を切るようだった。巴瑠がマフラーを口元まで引き上げているうちに、一誠は北山通を走るタクシーに向けて手を挙げ、停める。押し込められるように後部座席に乗り込みながら、巴瑠は何となく、クーリングオフという言葉を思い浮かべた。せっかく届いたのに箱に詰められ、送り返される荷物。

「おやすみなさい」

「うん、おやすみ」

ドアが閉まる。運転手に自宅の場所を告げると、巴瑠は窓から一誠に手を振った。

車が動き出し、彼の姿が見えなくなる。

ため息がこぼれる。運転手の中年男性が《どないしはったの》と訊《き》いてくるのを、微苦笑で受け流した。

一誠の気持ちはうれしい。うれしくないわけがないし、それは付き合った期間が短いこととは関係がない。

それでも巴瑠は、一緒にいる月日がもう少し過ぎるまで待ってくれたなら、と考えずにいられなかった。それならプロポーズされるより早く、ふとしたきっかけで自分のことを打ち明けられたかもしれないのに。順番が逆になったというだけで、いまはただただ知られてしまうのが恐ろしい。

謝る巴瑠に《いいんだよ》と言ったときの、一誠の痛々しい笑みを思い出す。もし彼に事実を話したとして、同じ顔で《いいんだよ》と言われたら、自分はきっと別れを予感するだろう。そう思うと、何も返せなくなってしまった。

だってプロポーズされたその場でいきなり、告げられるわけがないではないか。

——私は多くの人が思い描くような、普通の女性ではないのです、なんて。

2

ターナー症候群。

ずいぶん長いこと、その運命と付き合ってきた。

小学六年生のとき、母親に大きな病院へ連れていかれ、血液検査を受けた。それから間もなく、毎晩寝る前に腹部へ注射をするよう母に言いつけられた。体はそれまでと変わりなく元気だったので、なぜ注射をしなければいけないのかがわからず、母にその理由を訊《たず》ねた。

「あなたの背を伸ばすためなのよ」

それが、母の答えだった。浮かべた笑みがぎこちなかった。

確かに巴瑠は当時、同級生と比べても際立《きわだ》って背が低かった。ただ、彼女の母も小柄なほうで、その母が《心配しなくても思春期になれば伸びる》と折に触れ話していたので、巴瑠はあまり気にしていなかった。なのにどうして、いまごろになって注射をしなければいけないんだろう。

注射針はとても細く、痛みなどはなかった。けれども巴瑠はしばらくのあいだ、本当は自分は何か重い病気にかかっているんじゃないか、とおびえて暮らした。ようやく安心できたのは、一年後の測定で、背が急激に伸びたことを数値で示されたときだった。母の言葉に偽りはなく、それは成長ホルモン注射だったのだ。

成長ホルモン治療は十六歳、高校生になるまで続いた。このころ巴瑠はまだ、初経を迎えていなかった。女子高にかよっていた彼女は、第二次性徴が周囲より遅れていることを自覚していたけれど、そういう生徒はほかにもいたので深刻には受け止めていなかった。毎晩の注射が一日一回の女性ホルモン剤の服用に変わると、しだいに胸がふくらみ、やがて初経も訪れた。薬の作用で自分の体が女のそれになっていくという感覚は、卵の殻をはいで中の雛《ひな》を無理やり引きずり出しているみたいで何とも気色悪かったが、おかげで同級生たちに混じっても極端に目立つことはなくなった。身長は百四十五センチまで伸びた。

高校卒業後は京都市内の四年制大学に進んだ。その、入学して間もない日のことだった。

一回生は主に一般教養を履修する。学部の専門とは異なる分野について学び、テーマも多岐にわたるので、散歩の途中で素敵な景色を見つけるように、ときどきひょっと思いがけない知識にめぐり会うことがある。その感覚が、巴瑠は好きだった。

遺伝子に関する講義を受けたのも、好奇心という以上の理由はなかった。その中で性染色体について触れる回があり、いくつかの性染色体異常とともにターナー症候群が紹介されていた。教科書に掲載された表には、性染色体異常の種類と特徴、適切な対処法とが、ごく簡潔に記されていた。

——これだ、と思った。

当時は滋賀県にある実家から電車通学をしていた。その日の夕方、巴瑠は帰宅するなり台所に立つ母の背に向けて訊ねた。自分はターナー症候群なのではないか、と。母のキャベツを千切りにする手が止まった。あなたがはたちになったらきちんと話すつもりだったの、という母の言葉を、巴瑠はうつむいたままで聞いた。乱れた吐息に、母が涙ぐんでいるのがわかった。

ターナー症候群は、性染色体異常の一種である。

ヒトは通常、両親から二十二対の常染色体と一対の性染色体を受け継ぎ、計四十六本の染色体を持って生まれる。このうち一対二本の性染色体にはXとYの二種類があり、X染色体とY染色体の両方を持つと男性に、X染色体しか持たなければ女性になる。X染色体はヒトの生命に不可欠なので、Y染色体のみになることはない。

ところがまれに、先天的に性染色体の数や形態に異常が生じることがある。これを性染色体異常といい、このうちターナー症候群は一本のX染色体しか持たない、もしくは一本の完全なX染色体ともう一本の不完全な性染色体を持っている、一本のX染色体の細胞と二本のX染色体の細胞が混ざり合っている、といった女性を指す。完全なY染色体を持たないので女性に特有であり、女性千人から二千人にひとりの割合で生まれると考えられている。

ターナー症候群の女性、いわゆるターナー女性はさまざまな身体的特徴を有することがある。低身長はその代表例で、ほかにもひじから先が外側を向く外反肘《がいはんちゅう》や小児期の中耳疾患などが挙げられるが、わけても重大なものとして、ほとんどのターナー女性には卵巣《らんそう》機能不全が見られる。早い人では幼少期から卵巣の機能が低下し、第二次性徴が現れにくい、骨密度が低下しやすい、さらには卵子が作られにくい、といった問題を生じる。

ターナー女性の中には、自然に第二次性徴が現れ、また月経が起こる人もおり、その場合は自然妊娠の可能性がある。しかしながら、巴瑠は内服薬による女性ホルモン補充療法を始めるまで、初経が来なかった。したがって、自然妊娠は不可能である——少なくとも彼女自身は、そのように認識している。

——千人から二千人の女性に、ひとり。きわめて少ないけれど、奇跡と呼んでそれ自体を存在意義とするほどにはめずらしくない、微妙な数。しかも、ターナー症候群の女性の受精卵は約九十五パーセントが流産してしまうとも言われている。その中で、自分は生まれた。生まれてしまった。

選ばれてこの世に生を享《う》けたのだ、という人もいる。でも、何のために？　子を残すことができず、そのほかにもホルモン治療を始めさまざまな苦労のともなうこの体に、どうして自分が選ばれなければいけなかったのだろうか。

母親の答えを得て、ターナー女性であることを確認したとき、巴瑠はそうした運命を理不尽だと思う気持ちが強かった。ショックは大きかったけれど、くよくよ悩むのは屈することだという気がして、できる限り自分を普通の女性だと思おうとした。街中を歩くときにすれ違う女性たちをながめながら、自分より不幸そうな人はいくらでもいるのだから、ということを考えさえした。それはたぶん、受け入れがたい運命に覆《おお》いをするような感覚だった。嫌いな人の話に、正論であるか否《いな》かにかかわらず耳をふさぐような感覚だった。

意識が一変したのは、成人式を迎えた年である。

ある真冬の日、巴瑠は駅のホームで電車を待っていた。夕陽が景色やあたりに立つ人や、彼女の体をオレンジに染めていた。大学からの帰りで、単位のかかった期末試験が近く、連夜の勉強で寝不足気味だった。

普段よりも淡い意識で立つ彼女の前を、ひと組の母子が通り過ぎた。巴瑠よりひと回りほど歳上《としうえ》であろう母親のあとを、よく似た顔の二歳くらいの女の子が、おぼつかない足取りで懸命に追いかけている。けれども歩幅に差があるので、その距離は少しずつ開きつつあった。

ちゃんと見てなくていいのかな。そう思ったのと、母親が立ち止まって振り返ったのはほぼ同時だった。おいで、と母親が呼ぶ声に、女の子は前のめりになって速度を上げる。やがて母親に追いつき、その右脚にぎゅっとしがみついた。

――その瞬間のことを、どう表現したらよいのだろう。

何ら特別でない、ありふれた日常であることは、母親が娘とのあいだに空けた距離に表れていた。よくあることだから、母親もいちいち振り返らない。こちらが心配になるほど離れてからようやく、立ち止まって娘を呼び、その両腕で大事に抱き上げるのではなく、片脚に娘を受け止めた。

そんな光景を目《ま》の当たりにしたとき、巴瑠はなぜだか唐突に、強烈に、思い知らされた――私には、この瞬間が訪れないのだと。血のつながった娘とありふれた日常を過ごすこの瞬間が、訪れることは永遠にないのだと。

気がつくと、ホームにへたり込んで号泣していた。心配したまわりの大人たちが介抱してくれ、巴瑠は駅員に救護室へと連れていかれた。名前や連絡先を聞かれたけれど、ちゃんと答えられたのか記憶にない。

母が車で迎えにきてくれるころには気持ちもいくらか落ち着いて、巴瑠は頭を下げて救護室を辞した。涙の理由は誰にも語らなかったが、母は何となく察したようで、何も訊ねてはこなかった。でも、たとえ母に理由がわかっていたのだとしても、この気持ちだけは絶対に理解できない。理由を察せられたことさえも、血のつながりがもたらしたものなのかもしれず、自分がそれをわが子と共有する日は永久に来ないのだから。――孤独だ、と思った。

いつまでも覆いをしていられるはずはなかった。その日を境に、巴瑠は理不尽に思えて仕方がない運命について――自分の体について、考えざるを得なくなった。それは落雷のように突然襲いかかり、泥沼のように抜け出しがたく、ときには目を背け、ときにはあえて直視しながら、向き合うたびに彼女は心を揺さぶられてきた。

子を授かれないことが気にかかり、結婚は絵空事のように感じていた。けれども影のようにつきまとう孤独が、彼女を恋愛そのものから遠ざけはしなかった。いいじゃない、どうせ世のカップルの大半は、結婚なんてせずに別れるのだから――そんな、開き直ったというよりは捨て鉢な心境で、ターナー女性であることを伏せつつ人並みに男性とお付き合いもした。

それでも過去にひとりだけ、一年間の交際を経て、結婚の二文字を意識した相手がいた。

リベラルで差別や偏見を憎み、他人の生き方に敬意を払うことのできる人だった。周囲の誰もが口をそろえて彼のことを人格者だと言い、巴瑠もまた恋人という立場から彼を、まっすぐで美しい人だと感じていた。結婚観に関する話題になったときも、愛する人と一緒にいられることが第一義だと言いきり、たとえその先に子を授からなくてもそれはそれでいいと思うし、誰に対しても引け目を感じる必要はまったくない、と話していた。

恋人では初めて、巴瑠は彼にターナー女性であることを打ち明けた。彼の部屋で二人きりのときに、それまでの人生でおよそ発揮したことのないような勇気を振り絞って、告げた。すっかり夜が更《ふ》け、狭いベッドに身を寄せ合って、あとは眠りに落ちるのを待つだけという時間帯だった。

彼が見せた反応は、網膜にくっきり焼きついている。

「いいんだよ」

そう言って、彼は痛々しい笑みを浮かべたのだった。

振り返れば、あの場ではそう言うしかなかったのだ。夜の自室から恋人を放り出すわけにもいかないし、受け入れられないと表明することは彼の信条にもとっただろう。

だが、巴瑠はその反応を誤ってとらえた。容易ならざる運命に対して表情を保てないのは仕方のないこととし、彼の言葉のほうを真に受けた。いつもなら彼女の体に触れる指が、その晩は伸ばされなかったのも、真摯《しんし》に受け止めてくれていることの表れだと信じた。そう、信じたかった。

それから二ヶ月が過ぎたころ、彼は唐突に、「ほかに好きな人ができた」と言い出した。

あとで共通の知人から聞いた話によれば、彼は巴瑠の告白の直後から、出会いを求めてコンパなどに顔を出していたらしい。新しい相手が見つかるまでに二ヶ月かかったというだけで、別れは巴瑠の体のことを知った時点で決意していたのだ。

それでも巴瑠は、彼を強く責める気にはなれなかった。希望しないとかではなく、初めから子を作るという選択肢が存在しないことの容赦のなさを、身をもって理解していたからだ。隠したままで交際し、彼の人生の限られた時間のうちいくらかを分けてもらったことを、申し訳ないと思う気持ちすらあった。

ただ、別れを告げるとき彼が、ほかの言葉に忍ばせて放った一言だけはいまでも忘れない。

「申し訳ないと思っているし、俺も苦しいんだけど――」

実際、彼は苦しかったのだろう。体のことを理由に別れを選ぶのは、彼の憎む差別や偏見に類する、あるいはそのものだったのだから。

だけど、《俺も》だなんて言い方はないだろう。苦しくて逃げ出した人が、逃げようのない人に《俺も苦しい》なんて言うのはルール違反だと思うのだ——その瞬間に、さも苦しんだ風に喉元《のどもと》に手を当ててみせるのも。

彼への気持ちはほとんど消えても、その記憶は何度となく脳裡《のうり》によみがえって巴瑠をさいなんだ。気にしたら負けだと思うのに、どうしても傷ついている自分を見つけてしまい、結婚はますます絵空事として遠のいていくのだった。

——そうして日々を積み重ねながら、現在、巴瑠は三十歳になった。

計算外の形で一誠から人生初のプロポーズを受けたとき、彼女は絵空事と決め込んでいた結婚が、いきなり目の前に立ちはだかって行く手をさえぎるような感覚を味わった。この体を持って生まれたことで、何を感じながらここまで生きてきたのかを、あらためて問われている気がした。

駅のホームで号泣した日から、ちょうど十年が過ぎていた。

3

Tピンの先端を丸めようとしたら、手元が狂った。

ラムネの瓶のような淡青に、赤や白の放射状の線が入ったとんぼ玉は、先月ネットで見つけてひと目惚《ぼ》れしたものだ。色違いのもの数種類と併せて購入し、イヤリングにして三日前に販売を開始したところ、あっという間に売り切れた。幸いとんぼ玉にはまだ余裕があったので、次の休みに追加で作ろうと考えていた。

そのとんぼ玉が左手からこぼれ、座卓に落ちてこつんと音を立てた。傷が入ってしまったかもしれないと思い、ひやりとする。Tピンと呼ばれる、小さい釘《くぎ》のような形をした金具をとんぼ玉に通し、丸やっとこで先を丸めて輪っかを作る。慣れればどうということはない工程だ。それだけに、油断していた。ビーズマットを敷かずに作り始めてしまったことを、巴瑠は後悔した。

プロポーズの翌日、巴瑠はひとり暮らしをしている自宅でアクセサリーを作っていた。

ハンドメイドアクセサリーの作家になったのは、学生時代の後半に、雑貨店でアルバイトをしたことがきっかけである。

有名な寺院の参道で、お土産などを売っているお店だった。アクセサリーを含むハンドメイド雑貨を多数取りそろえており、店長の女性も作家だった。その店長に、ノウハウを教えてもらったのだ。

初めて作ったネックレスは、店長から分けてもらったパーツを組み合わせただけの、とてもシンプルなものだった。けれど、何もないところからこの世にひとつだけのアクセサリーが生まれたことに、巴瑠は感激した。特にトップにあしらったオーバルのターコイズの、どこまでも吸い込まれていきそうな色合いが気に入っていた。そのネックレスはいまでもほぼ毎日、お守りのように身に着けている。

それから巴瑠はアクセサリー作りに夢中になり、ほどなくバイト先の雑貨店にも商品として置いてもらえるようになった。自分の作ったアクセサリーが誰かの世界をほんのり彩《いろど》る、その感覚がいいなと思った。もっと本格的に取り組みたいという意思が強くなり、大学卒業後も実家に住みながら雑貨店のアルバイトを続け、並行して作家活動をおこなった。

このころ巷《ちまた》ではツイッターやフェイスブックといったSNSを利用する人が増え、またハンドメイド雑貨専門の通販サイトが立ち上がるなど、個人で活動しているアクセサリー作家でも販売や告知が簡単におこなえ、加えて作家どうし気軽に交流できる環境が整いつつあった。巴瑠はSNSを幅広く活用し、そのつながりを通じて大阪や東京ほか各地で開かれている販売イベントに出品しながら、しだいに人気の作家になっていった。バイト先に新作を出すときには短い列ができるほどになり、買えなかったお客さんから「お店の手伝いをやめてアクセサリー作りに専念してください」とまで言われたこともある。

雑貨店での仕事には愛着があり、店長にもかわいがってもらっていた。けれども作家として人気が出るにつれ、さまざまな面で、いままでどおりお店に立ち続けるのが難しくなってきた。四年前、巴瑠は長らくお世話になった雑貨店を辞めた。店長は《幸あれ》と、温かく送り出してくれた。

実家住まいとアクセサリーの売り上げのおかげで、そこそこの資金が手元にあった。ちょうど京都御苑《ぎょえん》の近くに住む親戚《しんせき》の老夫婦から、車の運転をやめたのでガレージを人に貸したい、という話を聞き、一念発起してハンドメイドアクセサリーのお店を開くことにした。店名は『ぷらんたん』に決めた。フランス語で《春》を意味する。カタカナの固い感じより、ひらがなの丸みがハンドメイドアクセサリーに似合うと思った。

内装工事やほかの作家からの委託販売の募集などを経て、三年前にぷらんたんはオープンした。小ぢんまりとしたお店で、立地がいいからお客さんはそれなりに来てくれるけど、バイトをしていた雑貨店ほど忙しくない。いまではレジカウンターの奥の椅子《いす》に座り、お客さんがいないときにはアクセサリーを作って過ごす毎日だ。またオープンと同じころ、誰にも甘えずにしっかりやりたいという思いもあって実家を離れ、お店の近くでひとり暮らしを始めた。

ぷらんたんは毎週月曜日を定休にしている。今日はその月曜日で、これといって予定がないのでイヤリング作りに充《あ》てていた。お店を開けないだけで月曜も仕事をしている場合が多く、アクセサリーを作るのはもちろん、ときには自分が販売を委託しているほかのお店へディスプレイをしにいくこともある。お店の方針によっては、自分で足を運ぶ作家でないと出品させてもらえないケースもあるのだ。

週末が特に忙しいので、恋人の一誠とは日曜の夜、お店を閉める午後七時以降に会うことが多かった。その一誠と出会ったのも、ぷらんたんでのことだった。

昨年の四月、初めてお店に入ってきた一誠を見たとき、巴瑠はこんなことを思った。

——ミツバチみたい。

暖かい日で、外を歩いてきたからか、彼は口を閉じたままわずかに息を弾ませていた。それが巴瑠には何だか、においをかいでいるように見えた。店名の《春》に誘われ、蜜《みつ》を求めて飛んできたような印象だったのだ。

「この店のアクセサリー……全部、あなたが作ったんですか」

大して商品を見てもいないのに、第一声で彼はそう訊ねた。そそっかしいけど、どこか憎めない雰囲気をまとっている。

「いえ。ほかの作家さんの商品も取り扱ってるんですよ」

「あ、そうなんですね」

男性のひとり客はめずらしくないが、多くもない。ハンドメイドアクセサリーは初めてだという彼に、巴瑠はブレスレットとチョーカーを見つくろった。するといたく気に入ったようで、それから彼は週末ごとにぷらんたんにかよってくれるようになり、やがて二人は恋仲になった。

好きだけど、彼だけが特別だったわけじゃない。これまでと同じように、結婚をあえて意識しないようにしつつ、のんびり付き合ってきたつもりだった。ターナー女性であることを打ち明けようとは思わなかったし、もしいつかそうすべき事情が生じるとしても、長い交際を経てからだという気がしていた。打ち明けたことで彼女の心に傷を残した、そんな過去を克服するにはとにかく時間が必要だったのだ——なのに。

気がつくと、巴瑠は座卓の上にいくつかのパーツを広げたままで、すっかり手を止めてしまっていた。昨晩のプロポーズが、頭から離れなかった。

結婚してほしいという一誠の言葉が、巴瑠は心からうれしかった。彼のことは好きだ。ずっと一緒にいたいと思っている。それだけに、打ち明けるのが怖かった。かつての恋人と同じように、彼もまた自分のもとを去ってしまうかもしれない。ならばいっそこのまま秘めて、プロポーズもなかったことにして、変わらぬ交際を続けたい。そんな思いすら、彼女の脳裡をかすめるのだった。

イヤリング作りが手につかないので、巴瑠は部屋の隅の小さな机に向かい、ノートパソコンを開いた。そしてインターネットのブラウザを立ち上げ、ブログの管理ページにアクセスした。

——十年前、駅のホームで号泣したときから、巴瑠は強い孤独にさいなまれていた。そのころはブログが流行しており、友人の中にも日記や観《み》た映画の雑感や料理の記録など、いろんなことをブログという形で公開している人が少なくなかった。そこで巴瑠は素性を隠し、自己紹介の欄に《ターナー症候群を生まれ持った京都の学生です》とだけ記して、思いのままを表現するためのブログを開設した。

面識のある人には、できる限りターナー女性であることを伏せたい。かといって、ひとりきりではこの現実に対処できる気がしない。ブログはだから、似たような悩みを抱える人と心の内側を見せ合いたい、という目的で始めた。水中にいるような息苦しさを感じて、呼吸のため水面に顔を出す——おそらくは、そういう行為だったのだと思う。

自分の体についての実感や、日々考えるいろいろなことを、できるだけ的確な言葉を探してしたためる。読まれなければ公開する意味はないけど、それほど多くの読者を望んでいたわけでもなかった。ところが思わぬことに、巴瑠のブログは徐々に読者を増やし、最盛期は一日に千ページビューほども稼いでいた。ターナー症候群は女性の性染色体異常でもっとも多いものであり、それ以外にもさまざまな原因で子供を生むことができない人などから、巴瑠の文章は共感を得たようだった。

コメント欄では期待したとおり、同じような悩みを抱えている人とやりとりをすることができた。その一方で、読者が増えるにしたがってときおり、おかしなコメントを見かけるようにもなった。それは心ない中傷であったり、セクハラじみた下衆《げす》な文句であったりしたが、だからといってコメント欄を閉鎖するのはブログを始めた目的に反するので、無視を決め込んだ。見ず知らずの誰かのあからさまな悪意に満ちた言葉なんて、傷口でもないところに塩を塗られるようで痛みを感じなかった。だって、

〈悲劇の自分に酔ってんじゃねえよ〉

――どうしてこんな自分に酔えるだろう、と反射的に思ったのだ、当時は。いまでは決して、そうとばかりも思わないけれど。

そんなブログも、気づけば開設して長い月日が経ち、現在は一度の更新につき数十人が訪れてくれるだけになった。けれども巴瑠は、そのくらいの現状をむしろ心地よ

く感じていた。ネットを通じてたくさんの人と言葉を交わすことで、かつてのような孤独に苦しむことは減っていった。自分の抱える問題についての、人によって全然違う受け止め方を知っていくうちに、私も自分なりの答えを模索しよう、と考えられるようになった。

巴瑠はマウスを操作して、新しい記事の作成画面を開く。しばし悩んで、次のように書き出した。

〈昨日、生まれて初めてプロポーズされました〉

プライベートに関することや、ありのままの感情をあけすけに綴《つづ》る代わりに、個人を特定されかねない情報は一切書かないと決めていた。特に、アクセサリー作家としての活動については、におわせることさえないよう細心の注意を払った。このブログを宣伝のためにやっているとだけは絶対に思われたくなかったからだ。初めてターコイズのネックレスを作ったときは、その後作家になるとも思わずに、うれしさのあまり写真をアップしたけれど、その後アクセサリー作りの話題には一度として触れたことがない。

巴瑠は、いまの恋人と交際を始めて半年になること、彼にはまだ自分がターナー女性であると伝えていないこと、かつて結婚を考えた人が子を望めないと知り去っていったことなどを、過去の記事と内容が重なる部分も含めて赤裸々に文章にしていった。彼のことが好き。離れたくない。それだけに、打ち明けるのがとても怖い。

吐き出してしまうと、少しだけ気持ちが落ち着いた。投稿のボタンをクリックし、記事を公開する。

ついでに巴瑠は、メールが届いていないかチェックした。お店のホームページで受け付けている通販の注文や、ぷらんたんに販売を委託してくれているほかの作家とのやりとりなど、仕事に関する連絡はパソコンのメールでおこなっている。

メールは数件届いていた。その中に一通、ちょっと気になるものがあった。

〈安藤《あんどう》奈《な》苗《なえ》と申します。土曜日に、初めてそちらのお店に立ち寄った者です。

とんぼ玉をあしらったイヤリングが素敵だなと思ったのですが、そのときはとんぼ玉を吊《つ》るす星型のパーツが自分には少しかわいすぎる気がして、購入を見送りましたところ、ところが昨日になってやっぱり欲しいと思い直し、お店のホームページを拝見しましたところ、なんとすでに売り切れたとのこと。幸い再販の予定があるそうで、ぜひ購入したいと考えています。

そこでおうかがいしたいのですが、土曜日にお店に置いてあったとんぼ玉のイヤリング、青と赤と黄色の三種類、すべて星型のパーツをもっと目立たないものに替えてここまではべつだん、めずらしくない相談だ。巴瑠はパーツ交換やサイズの調整など、お客さんの細かい要望にできるだけ応じるようにしており、その旨《むね》をぷらんたんの店内やホームページにも掲示していた。お店で直接言ってもらってもかまわないのだが、面と向かってはためらわれるのか、もしくはほかの商品と比較するなどして悩んだ末なのか、あとになってメールで頼まれるケースはこれまでにもあった。

首をかしげたのは、次の箇所である。

〈それともうひとつ。三種類のイヤリング、お代は同じ額を払いますので、すべて片方だけ売っていただくことはできますか〉

4

たとえば購入したイヤリングの片方をなくしたり壊したりしたお客さんが、片方だけ買い直したいと言ってくることはある。こちらもペアでの販売を基本としてはいるが、片方のみの作製が簡単な場合などについては、できるだけ半値で売るようにしている。

でも、安藤と名乗るこのメールの主は、とんぼ玉のイヤリングをまだ購入していないという。いや、それが事実かどうかは一考の余地がある。お客さんの中には、ハンドメイドのアクセサリーは作家の思いが込められたものだと感じるあまり、なくしたり壊したりしたことを言い出せない人もいるみたいだから。

とんぼ玉のイヤリングに関しては、金曜日に販売を開始して以降、三種類すべてを購入していったお客さんも何人かいた。だけど、この二、三日でみっつとも片方ずつ紛失ないし破損したというのは現実的でないだろう。結局のところ、安藤がそれらを理由に片方の購入を希望したとは考えにくい。

両耳で別の色のイヤリングを組み合わせてつけたい、というのはどうだろうか。なるほど三種類あれば、左右を替えて計六通りの組み合わせを楽しむことができる。しかし、それは何も片方でなくとも、両方購入したってできることだ。そのぶん値段を安くしてほしい、というのならまだわかる。ところが安藤は、お代はペアでの購入と同額を支払うという。

メールは末尾に〈よろしくお願いします〉とあるだけで、片方だけ売ってほしい理由は記されていなかった。巴瑠はパソコンの前に座ったまま、土曜日の記憶を手繰《たぐ》った。

とりわけ冷え込んだ週末だった。それでも天気がよかったこともあり、客足はまずまずだった。とんぼ玉のイヤリングを見ていたお客さんは多かったので、その中に何らかの特徴を備えた人がいたかどうかまでは思い出せない。とにかくお客さんがみんな厚着で、陳列されている商品に衣類が引っかかったりしないかひやひやしたことを憶《おぼ》えている。せまいお店なのでコートやダウンジャケットやマフラーはもちろん、ニットキャップやイヤーマフでさえも、油断すると壁に設《しつら》えた棚に当たってしまいそうだったのだ。販売する前にきちんと検品しているとはいえ、アクセサリーは落とすと壊れてしまうこともあるので、どうしても心配せざるを得なかった。

イヤリングはこれから作るのだから、パーツを替えたものをひとつずつにして売るぶんには問題ない。だがやはり、理由が気になった。

〈星の代わりにつけるパーツを、直接ご覧になったうえで選んでいただきたいので、よろしければいま一度、店頭にお越しくださいますでしょうか〉

巴瑠はこのようにメールに記し、安藤に来店をうながした。返信はその日のうちに来た。

〈平日は仕事があるので、次の土曜日にうかがいます〉

何ごともなく四日が過ぎ、土曜日は前の週とはうってかわって暖かい日になった。

ぷらんたんは京都御苑を囲む通りから脇道《わきみち》に入って、徒歩三分の場所にある。京都市営地下鉄や京阪《けいはん》電鉄の駅からも歩ける距離で、アクセスはいい。通りに案内の立て看板を出しており、周辺にもパン屋さんや喫茶店といったお店が点在しているので、近くに住む人やリピーターだけでなく観光客もしばしばのぞいてくれる。

透明なガラスのはまった木枠の扉を開いて店内に入ると、まず中央の台にところせましと並んだアクセサリーが目に飛び込んでくる。ここには主に巴瑠自身の作品と、ほかの作家さんの新作など特別に推したいものを置いている。最初は天板に広げるだけだったが、より見やすくするため台の上に階段状の棚を置き、そこに商品を並べるようにした。

左右の壁には、平均的な身長の女性の腰から頭くらいまでの高さに、木製の箱をたくさん打ちつけてあった。こちらはほかの作家の委託販売に使うボックスで、一箱ごとに毎月決まった額を支払ってもらい、そのスペースを陳列棚として貸し出すという仕組みだ。どの作家のアクセサリーも素敵だけど、ボックスによって雰囲気はまったく異なり、店主の巴瑠でもながめているだけでちっとも飽きなかった。

そしてお店の奥にレジカウンターがあり、背の高い椅子が置いてある。内装は質感を重視し、中央の台や壁のボックス、カウンター、さらには床に至るまで、メープルやヒノキといった明るめの木材で統一していた。素材のままのナチュラルな色合いが、華美すぎないハンドメイドアクセサリーの雰囲気にぴったりだと思ったのだ。照明も冷たい感じのする白色蛍光灯を避け、アンティーク調のブラケットライトや、窓からの採光によって明るさを保っている。

オープンして三年が経ったいまでは、とても居心地のいい空間になった。昼下がり、巴瑠がカウンターでアクセサリーを作っていると、扉が開いてひとりの女性が入ってきた。

お客さんが五人も入ればいっぱいになってしまうような、小さなお店だ。何となくでも、一度来たことのあるお客さんは忘れない。やってきた女性を見て巴瑠は、彼女が以前にもこのお店に来てくれたことがあると気づいた。

「いらっしゃいませ」

声をかけると、女性客は小さくぺこりとする。次いで、巴瑠は言った。

「もしかして――安藤奈苗さんですか」

女性は驚いて、口元に手を当てた。

「はい、安藤です。どうしてわかったのですか」

背が高く、すっきりした目鼻立ちをしている。年齢は巴瑠と同じくらいか、ちょっと上かもしれない。ブラウンのダウンジャケットにジーンズという、気取った感じのしない服装がさまになっていた。

「不思議に思っていたんです。どうして片方だけイヤリングを買おうとしているのだろう、と。本日こちらに来ていただけるとのことでしたから、楽しみにお待ちしておりました。そうしたところにあなたがいらっしゃったので、ひと目見てもしや、と思ったのです」

安藤は微笑《ほほえ》み、自分の耳を指差す。「これですね」

──彼女の両耳には、イヤーマフがつけられていた。

「先週の土曜日にも、イヤーマフをされたお客さんがいらしたことは憶えていました」

巴瑠は続ける。頭の高さまである棚に、イヤーマフが当たらないかということを心配した。

「ただ、あの日はとても寒かった。イヤーマフをしていても、不自然ではありませんでした。──だけど、今日は暖かい。まだ二月ですから、おかしいというほどのことはありません。ですが、ほかに理由があってイヤーマフをされているのかもしれない、と考えることはできますね」

安藤はうなずき、イヤーマフを外した。彼女の両耳があらわになる。

「イヤリングは、つけたくてもつけられないんです。左耳にしか」

彼女の右耳には、耳たぶがなかった。

「冬はいいんですよ。散歩やちょっとしたお買い物くらいの外出なら、イヤーマフをしていても変じゃないから。夏になると、暑いのに髪を下ろしておかないといけないから、うっとうしくて」

いま彼女は肩の下まである髪を、後ろでひとつに束ねていた。

「その……耳たぶのこと、人には知られたくないものですか」

おそるおそる訊ねた巴瑠に、安藤はきっぱり「いいえ」と首を振った。

「基本的には誰にでも話すし、見せろと言われれば見せますよ。でも、外を歩くときはなるべく目立たないようにしたいかな。いろんな目に遭うから」

具体的な体験を挙げることなく《いろんな目》で説明を済ませたところに、彼女のうんざりした感情が凝縮されているように感じた。

遠慮して多くを訊けない巴瑠の気持ちを察してか、安藤は右耳を触りながら続ける。

「先天性耳垂《じすい》欠損といって、生まれつき耳たぶがないんです。形成手術をすれば、はた目にはわからないようにできることは知っているのですが、耳の聞こえに問題があるわけではないし、生まれ持った体でしょう。手術だなんて、やっぱり怖いし。生活に支障が出るほどではないので、そのままにしてあります」

生まれつき、という言葉に巴瑠は、他人事《ひとごと》ではないと思った。けれども自分のことは、ここでは明かさない。

「星の代わりにおつけするパーツ、この辺はいかがかな、と……」

巴瑠はカウンターの上にいくつかの、よりシンプルな形のパーツを並べた。安藤はしげしげと見入ったあとで、小さな銀の球がみっつ並んだ、大人っぽい雰囲気のパーツを選んだ。

「とんぼ玉のイヤリング、気に入っていただけてうれしいです。それも、三種類すべてご購入いただけるなんて」

この言葉に安藤は、心持ち頬を赤くした。

「実は近々、ある男性と初めてお会いするんです。わたしも彼も独身なんですけど、友達の紹介で以前から連絡を取っていて、付き合おうかという話になっています」

聞けば安藤と相手の男性に同じ趣味があったことから、共通の友人が仲を取り持ってくれたらしい。やりとりを始めてすぐに二人は意気投合し、三ヶ月ほどが経《た》ったいまでも毎日のようにメールや電話をしている。離れた場所で暮らしているので、これまで直接会う機会がなかったが、このたび彼が京都へ遊びにきてくれることとなった。二人にとっては、初めてのデートだ。

「だから、めいっぱいおめかししたくて。でもこのごろは、寒暖の差も激しいでしょう。何を着ていくか、当日まで悩んじゃう気がしたから、どんな色合いの服になっても合わせられるように、三種類のイヤリングを買いたいと思ったんです」

「わあ。そんな大事な日に、私の作ったイヤリングをつけていただけるなんて」

巴瑠がぱちんと手を打ち合わせると、安藤は照れたように笑い、こんなことを言った。

「本当は、イヤーフックを探していたんです」

確かにイヤーフックなら、耳たぶがなくてもつけられる。

印象は少し変わるかもしれないけれど、とんぼ玉をイヤーフックにすることもできますよ。そう言いかけた巴瑠に、安藤は先回りして告げた。

「でもこちらのお店でこのイヤリングを見たら、わたしはどうしても、これをつけて彼に会いたくなりました。こんな素敵なイヤリングを、わたしが片方しかつけられないことに、気づいてほしいと思ったんです」

「気づいてほしい……」

「いたんですよ、昔。あとから知って、まるで騙《だま》されたとでも言いたげに《げっ》て顔した男が。――でもね、わたし、その人と夜をともにしたことだってあったんですよ。どこ見てたのよって、逆に笑いそうになっちゃった」

女どうしの気安さからか、安藤は恥じらいもせず言う。

「もちろんわたしは騙すつもりなんてないし、そんな風に思われたくもない。かといって、会っていきなり耳たぶの話を始めるのも変でしょう？　彼が先に気づいてくれれば、それを彼自身がどう感じるのか、考える余裕を与えられるんじゃないかって」

「知られること、怖くはありませんか」

安藤の答えに迷いはなかった。

「平気です。この耳も含めて、わたしのことを好きになってもらわないと意味がありませんから」

デートの約束は、一週間後の土曜日とのことだった。その日までに必ずイヤリングを作って届ける旨を伝えると、安藤はよろしくお願いしますと頭を下げた。先にお会計だけ済ませてもらい――もちろん半値しか受け取らなかった――扉を押し開けて出ていく彼女を、巴瑠はお店の入り口で見送った。

ほかにお客さんはいなかった。店内で、ひとりきりになった巴瑠は考える。

――醜い心のうちをも、さらすなら。

耳たぶだから、という思いもなかったわけじゃない。

安藤がこれまでいろんな目に遭ってきた、それは事実だろう。でも、生活に支障が出るほどではないと、彼女自身も認めていた。似ているようでも、ターナー女性である自分と――子を授かれないという自覚が結婚を考えるうえで何よりの障害となっている自分と、同じケースだとは言えない。

だけど、それでも。

安藤の力強い言葉が、頭から離れなかった。

この耳も含めて、好きになってもらわないと意味がない。そう、彼女は言いきった。

私もそう思う。いや、私にもそう思っている部分がある。だから過去にひとり、体のことを明かした。その結果は、望ましいものではなかったけれど。

愛し合う二人は秘密を残らず共有すべきだとか、そういう話ではない。誰しも秘密があっていいし、私は一誠にこれまでターナー女性であると打ち明けなかったことを後悔してはいない。秘密を持つことを愛情の不足だと指摘する人がいるのなら、私はその考えを断固として拒絶する。愛するがゆえに秘密にしておきたい、そんな感情が存在することを私は知っている。

……そうではなく、これは本音の問題なのだ。一誠の人生について、彼の行く末について考慮する前に、まず何よりも私の人生なのだ。

結局のところ、私は一誠に愛されたいと思っている。この体のことも含めて、愛してほしいと願ってしまっている。その本音から、いつまでも目を逸《そ》らし続けることはできない。

重要なのは、結婚するかどうかではない。

この十年間、ターナー症候群に生まれた運命と向き合いながら、孤独に必死であがいながら、自分が果たして何を真に渇望《かつぼう》してきたのか。その問いに、一切のごまかしのない答えを出す勇気があるかどうかなのだ。

——話そう、と思った。

気がつくと、窓の外が薄暗くなっていた。このまま一夜が来て去れば、一誠と会う約束をしている日曜日になる。

暖かい一日だった。それでも巴瑠はしばらくのあいだ、体の震えを止めることができなかった。

5

昼間の暖かさも、夜になると網目をするりと抜けるように消えてしまう。二月だな、と思う。まだ春は訪れていないのだな、と。

巴瑠は一誠と夕食を済ませ、人けのない公園へとやってきた。まわりに人がいるところでターナー症候群のことを話せるはずもなく、二人きりになりたかった。できるだけ表情を見られたくなかったので、屋外に適当な場所を求めた。——どちらかが逃げ出したくなったときにそうできる場所、という配慮もあった。

夕食はカジュアルなイタリアンレストランで済ませた。食欲はちっとも湧《わ》かなかった。一誠も似たようなものだったろう。会話は弾まず、代わりに無理やり口に押し込むパスタはあまり味がしなかった。

ベンチに並んで腰を下ろす。いつもより、二人の隙間《すきま》が空いている気がした。

「結婚、考えてくれたかい」

開口一番にそう訊《たず》ねた一誠を、巴瑠はあらためて誠実な人だと思った。ちょっとは雑談でもはさみそうなものなのに。

こくんと首を縦に振る。静かな声で、告げた。

「答える前に、聞いてほしいことがあるの」

——彼と会う前に読んできた、ブログの最新記事に寄せられたコメントを思い出す。

近ごろ読者の数は落ち着いて、コメントもひとつの記事に五件もつけばいいほうだった。ところがプロポーズされたことを記した最新の記事には、十件を超えるコメントが寄せられ、しかもそのどれもが彼女を祝福し、励ます内容だった。

昨日、安藤と話をするまでは、そんなコメントを素直に受け取れない自分もいた。けれども打ち明けると決めたいま、それらは彼女を勇気づけてくれる。似たような状況で悩んだ経験のある人たちが、彼女の幸福を願い、背中を押してくれている。そのことが、心からありがたく感じられた。

一誠は黙ってうなずき、目顔で先をうながしている。巴瑠は胸元のターコイズを包み込むように手を当てて、ゆっくり深呼吸をした。送り出した声は震えた。

「私、ターナー症候群なの」

一誠はまだ、黙っている。

「性染色体異常でね。一番の問題は、結婚しても子供は望めないってこと。自然妊娠できない体なの。いままでちゃんと話してなくて、ごめんなさい」

隣にいる恋人の顔を、巴瑠は直視することができなかった。

「気遣いはいらないから、正直に話してほしい。一誠はいま、このことを聞いてどう思ってる？　それでもまだ、私と結婚したいと思ってくれてる？」

ちっともよくないくせに、《いいんだよ》なんて言ってほしくなかった。痛々しい笑みを見るくらいなら、結婚できないとはっきり言われたほうがいい。だから巴瑠は、自分の気持ちを伝えなかった。私は一誠と、ずっと一緒にいたいと思ってるよ——そんな、とても大事な気持ちをあえて伝えなかった。

話してしまうと、とたんに空気の冷たさが意識された。巴瑠は体じゅうの熱が奪われたようになり、両腕でわが身を抱いて寒さに耐えた。

そのとき隣で、ふっと微笑む気配があった。

「もちろんだよ」

巴瑠は一誠の顔を見る。眼鏡の奥の目が、ごく自然に細められていた。

「当たり前じゃないか。僕はいまでも、きみと結婚したいと思ってる」

胸の奥に、小さな火が点《とも》ったようになる。視界がにじみ、巴瑠は両手を口元に当てた。

ところが、一誠は続けて思いがけないことを言った。

「知ってたんだ。きみの体のこと」

巴瑠は身を硬くした。ターナー症候群のことはほとんど誰にも話していないのに、どうして？

問いただす前に、彼はそのわけを話してくれた。

「こっちこそ、いままで隠しててごめん。実は僕、きみのブログの読者だったんだ。開設して間もないころからずっと、ね。読むばかりで、コメントをしたことは一度もないけど」

「ブログ？」驚きより先に、疑問が湧いた。「でも、あのブログには個人を特定できるような情報は載せてなかったと思うけど……」

すると一誠は、巴瑠の胸元を指差した。

「その、ターコイズのネックレスだよ。初めて作ったアクセサリーだって、写真をアップしていただろう」

巴瑠はあごを引き、視線を落とす。先ほども触れたターコイズが、闇《やみ》を反射しながら揺れていた。自作のアクセサリーの中で唯一《ゆいいつ》、ブログに写真を載せたもので、巴瑠はそれからもほぼ毎日身に着けていた。

「そのころブログからほかに読み取れる情報といえば、プロフィールにあった《京都の学生》ってことくらいだったよね。僕も当時は同じく京都の学生だったから、親しみを覚えて読者になったというのもあったんだ。でも、だからってきみを探し回るような真似《まね》をしてはいないよ。万が一どこかで出会えたって、どうせきみだとはわからないと思っていたし、僕もずっと京都にいたわけではないからね」

一誠が巴瑠と同じ年に大学を卒業し、その後しばらく大阪で勤めていたことは聞いている。京都に戻ったのは、転勤になった二年前だという。

「だから、ぷらんたんを見つけたのもまったくの偶然だったんだ。あの日、僕は近くを散歩していて、きみのお店の前を通りかかった。ハンドメイドアクセサリーのお店なんて入ったこともなかったから、興味本位で窓から店内をのぞき込んで、驚いたよ。きみが、見覚えのあるターコイズのネックレスをしていたのだから」

ミツバチが店名の《春》に誘われたようだったと、これまで巴瑠は感じていた。しかし、では彼は、初めから店主の巴瑠に引き寄せられてぷらんたんへとやってきたのか。息を弾ませているようだったのも、思わぬ偶然に興奮していたのだ。

「お店に入って、間近で見て、あのときのネックレスだって確信した。まさか現実で会えるとは思ってもみなかったけど、何だか初めて会う気がしなくて、もっともっと、積もる話をしたいと感じた。——そこから先は、きみも知ってのとおりさ」

隠しててごめん、でも言い出しにくくて。一誠が再び謝るのを、巴瑠は上の空で聞いていた。

ブログを読まれていたことは、はっきりいっていい気がしない。心の内側をこっそりのぞかれていたようなものだ。いますぐにでも読み返して、月曜日に書いたもののほかにも、一誠とのことを綴った記事がなかったかどうか確認したい。そんなことを考えるだけで、恥ずかしさに頬が熱くなる。

けれども頭の冷静な部分で、彼を責めるのはお門違いだとわかっている。そういうおそれがあることも承知のうえで、これまでブログを続けてきたのだ。どんなに気をつけていても、自分のことを書く以上、個人を特定しうる情報を皆無にはできない。たとえばターナー女性だという記述ひとつ取っても、小柄だと告白しているようなものだ。ましてネックレスの記事に関しては、自分の油断としか言いようがない。無断で読んでいたことを責めたい気持ちはあるが、それについてはすでに謝ってもらっている。

重要でないことに惑わされてはいけない、と巴瑠は思った。いまは恥ずかしさが勝っているけれど、おそらく自分は、いずれこの件を許せるだろう。ならば、ブログを読まれていたことはさほど重要な問題ではないのだ。

もっと何か、話し足りないことがある気がした。彼の発言はたとえるならネックレスの鎖や金具で、それ自体も欠かせない部品ではあるけれど、もっとも目を引くペンダントトップに取りかかるのをわざと後回しにしているような印象だった。巴瑠はつとめて慎重に、そのトップを手繰り寄せ、やがてひとつの質問に行き着いた。

「――どうして、私のブログを読むようになったの」

隣で一誠が、呼吸を止めたのがわかった。

「当時は同じく京都の学生だったから、親しみを覚えて読者になったというのも、あった。一誠はさっき、そう言ったよね。そんな言い方をするってことは、ほかにもきっと、より大きな動機があったんでしょう。まだ学生だったあなたが、その後の長い年月にわたって、ひとりの女性のブログを読み続けることになるほどの動機が」

同性なら、まだわからなくもない。ターナー症候群は女性に特有だし、そうでなくても身長のことや不妊など、近い悩みを抱えている女性は少なくないからだ。実際、ブログのコメントを見る限りでは、好意的な読者の大半は女性だった。

では男性の一誠がなぜ、あのブログにそこまでの興味を抱いたのか。

一誠の返答は、巴瑠の想像をはるかに超えていた。

「僕も、子を授かれない体なんだよ」

――それを聞いた瞬間、この人けのない小さな公園の、二人が腰かけたベンチのあたりだけ、世界からぽっかりと切り取られたような感覚に陥った。まるで現実になじんでしまうことを、取り込まれてしまうことを拒否しているような。

絶句した巴瑠の反応は、一誠にとっては予想済みだったのだろう。動揺を感じさせない声色で、彼は続けた。

「無精子症なんだ。ひょんなことから、大学生のころに判明してね。子供を作れないってどういうことだって、当時はひたすら混乱してた。似たような問題を抱えている同世代の人が、その事実をどんな風に受け止めているのかを知りたくなって、ネットで探してたどり着いたのがきみのブログだった。あのころきみのブログは、ちょっと話題だったから」

日に千ページビューを稼いでいたころのことだ。いくつかのそれらしきキーワードで検索すれば、すぐさまヒットしただろう。

「ネットで文章を読んだだけの、見ず知らずの女性に心酔したり、まして恋をしたりするほど僕もピュアじゃない。だけど、生まれ持った体のことを、無慈悲でいかんともしがたい現実を、思い悩んで、懸命にもがいて、何とか受け止めようとしている切実さが――そんな心情が伝わってくる文章のひとつひとつが、まるで自分に寄り添ってくれているみたいだった。それで僕は、きみのブログの読者になったんだ」

あのころ巴瑠は、ターナー症候群であることや、子供を授かれないという事実の、置き場を探しているような感覚だった。心のどこかにあって、なるたけ痛みや苦しみを生じる神経に障《さわ》ることのない置き場を。見つかった、とはいまでも思ってないし、そう思える日は来ない気がしている。あのころよりはいくらかましな場所に据え置いてある、という状態を積み重ね、今日まで過ごしてきた。

「そして月日が経ち、初めてきみに出会ったとき、恥を承知で言わせてもらうなら、僕は運命だと思ったよ。これは単なる偶然なんかじゃない。子供を授かれないという、同じ痛みを抱えた僕たちが、ネットだけじゃなく現実でも出会った。ちょうどいい、ぴったりの二人じゃないかって思ったんだ」

だから、少し早いかもしれないけどプロポーズしたんだ。生涯の伴侶《はんりょ》はきみ以外に考えられないから。一誠は頰を紅潮させて言い、上着の内ポケットから指輪のケースを取り出した。

「あらためて、お願いします。僕と結婚してください」

知らぬ間に、巴瑠は涙を流していた。とめどなくあふれて彼女の頰を濡《ぬ》らし、かすかな風でも冷たく沁《し》みる。

一誠は微笑んでいた。婚約指輪のケースを差し出す男性。感涙にむせぶ女性。そんな、絵に描いたような美しい光景に見えていたことだろう。

明かりの少ない屋外を選んでよかった、ということが頭をよぎる。気持ちが落ち着くのを待つ余裕もないまま、巴瑠はぐしゃぐしゃの顔で一誠と向き合い、告げた。

「ごめんなさい――でも私、あなたとは結婚したくない」

6

翌日より、巴瑠は高熱を出して寝込んでしまった。

振り返れば、兆候はあった。土曜日の夕方に感じた体の震え。日曜の晩、食欲が湧かなかったこと。でも、どちらもほかに原因があると思い込んでしまった。それが夜の公園の寒さで、とどめを刺されたのだろう。

一誠からは、あれから何度か連絡が来ていた。巴瑠はそれに応答しなかった。体調のせいでできなかったのが半分、単純にしたくなかったのがもう半分だ。

結婚を断られ呆然《ぼうぜん》とする彼を、理由も告げず置き去りにしたことは申し訳なく思っている。しかしあのときは、あふれる感情に取り乱してしまい、とても説明できるような状態ではなかった。また仮に言葉を尽くして説明したところで、一誠を納得させられる気もしなかった。

ひとり暮らしで、病院へ行く元気すらなく、二日間はベッドの上でもうろうとした意識の中をさまよった。水曜の午後、目を覚ますとまだ世界がぐるぐる回っていた。けれども巴瑠は気力を振り絞り、重い体を起こして座卓にイヤリングのパーツを広げた。

安藤のデートの約束が、三日後に迫っていた。前日の金曜日までには確実に、とんぼ玉のイヤリングを完成させて彼女のもとに届けなければならない。住所は聞いてあるから直接届けるのが一番早いけど、この体ではそれも難しく、病気をうつしてしまうおそれもある。配送業者に集荷に来てもらうとして、どんなに遅くとも明日の午前中には発送しないと間に合わない。何としても今日じゅうに、イヤリングを作り上げる必要があった。

目が回り、細かいパーツに焦点が合わない。指先も小刻みに震えている。Tピンを丸めたり、イヤリングの金具に丸カンをつないだりといった、ごく基本的な作業すらうまくいかない。何度も取り落とし、そのたびに探して拾うことさえつらく、新しいパーツを使うなどしながら、どうにか淡青のとんぼ玉のものをひとつ作り上げた。残るは赤と黄のふたつ、だが気力が持たない。座卓に突っ伏して、いつしか巴瑠は眠りに落ちていた。

そのまま何時間が経過しただろうか。名前を呼ぶ声で、巴瑠は意識を取り戻した。

「巴瑠、大丈夫か。しっかりしろ、巴瑠」

まぶたを開けると、スーツ姿の一誠がいた。彼にはこの部屋の合鍵《あいかぎ》を渡してあった。

「どうしてここに……」

訊ねてから、少しせき込んだ。巴瑠の背中に手を当てて、一誠は答える。

「この三日間、まったく連絡が取れなかったから。何かあったのかと心配になって、来てみたんだ」

ふと窓を見ると、レースカーテンの向こうはすっかり夜だった。仕事が終わって、駆けつけてくれたらしい。

一誠に抱えられ、巴瑠はベッドに戻った。めまいはいまだ治まっていない。それでも、離れようとする一誠にすがりついて言った。

「イヤリングを、作らないと」

「何を言ってるんだ。それどころじゃないだろう。とにかく病院へ行こう。この時間じゃ、開いているところは少ないかもしれないけど……」

「だめよ。安藤さんが、待ってるの」

巴瑠は一誠に、安藤のことをかいつまんで話した。すると一誠は真剣な面持ちで座卓を見やり、思わぬことを宣言した。

「わかった。僕が作る」

引き止める間もなくスーツの上を脱いで、座卓のそば、ベッドから見ると横向きになる位置に座る。そして、すでに完成していた淡青のとんぼ玉のイヤリングをつまんだ。

「このとおりに作ればいいいんだね」

「無理よ。あなた、アクセサリーなんて作ったことないでしょう」

巴瑠の言葉にも、一誠は動じない。

「確かに作ったことはない。でも、きみと出会ってからこっち、ハンドメイドのアクセサリーについては自分なりにいろいろ調べたんだ。知識はあるつもりさ」

そう言って道具やパーツをあらため出す一誠を、巴瑠はもはや止められそうになかった。

おぼつかない手つきで、けれども迷いなく、一誠はイヤリングの作製に取りかかる。ここはどうすればいいのか、といった質問を巴瑠に投げることもない。本当に、経験はなくとも作り方の知識はあるのだろう。

　安藤に渡せそうなものが出来上がるかはわからなかったけど、巴瑠は一誠の心意気を、しだいにうれしく感じ始めていた。邪魔してはいけないと思うのに、まだ浅い意識のもと、気づけば彼女は謝罪の言葉を口にしていた。

「……このあいだはごめんなさい。何の説明もなしに、いきなり帰ってしまったりして」

　一誠は数瞬、作業する手を止め、またすぐに動かす。

「いいんだ。冷静に考えたら、十年間もブログを読み続け、書き手の女性を現実に探し当てるなんて、ほとんどストーカーのやることだ。きみが不快に感じたのも無理はない」

「ううん。そうじゃないの」

　今度こそ、一誠は顔を上げてこちらを向いた。

「……僕と結婚したくないという、きみの意思は尊重するつもりだ。でも、せめてその理由を聞かせてくれないか。でないと、とてもじゃないけどあきらめきれない」

　それは日曜日、頭がいまより正常にはたらいていたときには、説明できないと思ったことだった。ところが今日、巴瑠は明らかに正気や理性を欠いており、だからこそ何もかも吐き出すように、遠慮も計算もないむき出しの感情をぶつけてみようかと考えたのだった。

「あなたこの前、私たちの出会いを、運命だって言ったよね。そのあとで、私たち二人のことを、どのように形容したか憶えてる?」

かすれた声で語り出す。一誠は、巴瑠の容態を心配して止めるようなことはしなかった。

「あのときは、いろいろ言ったから。僕は、二人を何と形容したのかな」

「《ちょうどいい》って言ったのよ」

一誠が再び、手元に視線を落とした。巴瑠は乱れた呼吸を整える。

「正直に言うとね……私もわかるよ、そう言いたくなる気持ち。なぜなら私も、子供を授かれないという現実を突きつけられたとき、どうしようもなく孤独だったから。この痛みをわかってくれる人なんていないと思った。そして、たとえこの先誰かと愛し合い、結婚する日が訪れたとしても、自分のせいで子を授かれないことを私はずっと引け目に感じてしまうのだろう、とも。すごく痛いし、しかも後ろめたい。本当は、私は何も悪くないのにね」

どうして私が、そんな思いをしなきゃいけないんだろう。容赦ない現実の置き場を探すその裏で、人知れずむせび泣く夜が何度もあった。

「そんなことを考えると、誰かと一緒にいられても、あるいはひとりで生きていくと決意しても、結局そこにあるのは孤独だって気がしてた。その、底のない穴をのぞくような恐ろしさを、私は知っている。だからね、私もあなたと結ばれるとしたら、これ以上の相手はいないと思うよ。少なくともあなたといるときだけは、孤独を感じないで済むから」

同じ痛みを知っているから。引け目を覚える必要もないから。

「でもね――私とあなたとでは、決定的に違うことがひとつある。何だかわかる？」

一誠は、無言でかぶりを振った。

「私はね、あなたの体のことを何も知らずにあなたと出会い、好きになったの。だからこの気持ちが、あなたの体のこととはまったく関係ないものだって自信を持って言える。――でも、あなたはそうじゃない。偶然私を見つけ、《ちょうどいい》から近づいた」

ぷらんたんを訪れた一誠が、巴瑠に誘われたミツバチだったとしたら。彼女が子を授かれない体であるという事実は、彼を引き寄せる何よりの《蜜《みつ》》となったのではないか。

「だとしたら私は、あなたの感情を信用できないと思った。──あなたは北川巴瑠という人間ではなく、ターナー症候群を抱えたこの体に恋をしたんじゃないか、と思った」

それはちょうど、ターナー症候群であることを知って離れていった、かつての恋人と同じように。この体だから好きになった。この体だから離れていった。どちらにしても、そこに巴瑠の人格は関わっていない。

「違うんだ。僕は……」

一誠は何かを言いかけ、しかし口をつぐんでしまう。巴瑠はそのあとを引き取った。

「わかってる。実際にはあなたが私という人間を、この体だけでなく、人格も含めてちゃんと見てくれてるってこと。でもね、もしもその出発点に、同じ孤独を抱えた者どうしだからわかり合えるに違いない、という思い込みがあるとしたら、それはとても危険なことなのよ。確かに私たちは同じ痛みを知っていて、その点については孤独を感じずに済むかもしれない。だけど、私たちは子供を残せるかどうかだけを考えて、死ぬまで生きていくわけじゃないんだよ。それは重要だけどあくまでも一部に過ぎなくて、日常の多くは別の要素によって成り立っている。──そういうことを、私はこの体とともに歩みながら、少しずつ学んできたの」

それが、置き場を探すということだった。心という部屋の真ん中の、ほかに何もできなくなってしまうような邪魔な場所に置いておくのではなく、隅っこの目立たない、でもときどきは視界に入る場所に置きながら、ほかの部分でできるだけ普通の日常を過ごす。そうして積み上げてきたのが、この十年間だったのだ。

「……私だってもちろん、普段はそんな風に理解していても、ときに傷ついたり、孤独を感じたりしてしまうことはある。このあいだのように取り乱したり、ね。気持ちを上手にコントロールしたい、そのほうがきっと楽でいられるから——そうは思っても、なかなかうまくはいかないよね」

でもね、と巴瑠は続ける。

「だからといって、この体について考えないで過ごしている日常を、軽視してはいけないと思うの。そんな日常の中にあるとき、私とあなたはまったく別の人間で、わかり合えることもあれば、真っ向から衝突することもあるでしょう。それは当たり前なのに、わかり合えることを前提としてしまったら、そうならなかったときの失望ははなはだしいはず。それでもあなたは、心が離れないって誓える？　こんなはずじゃなかったって、ちょうどいいと思ったから近づいたのにって、そういう感情を抱くことなく私と添い遂げるって誓えるの？」

返事はなかった。うつむいたままの一誠の横顔を見ていたら、心のかけらがぽろりとこぼれ出た。

「……怖いの」

思わず顔を覆《おお》ってしまう。

「これまではたとえうまくいかなくても、この体だから仕方ないよねって自分をなぐさめられた。そうやって自分の身を、心を守ってきたの。——でも、もしもあなたとうまくいかなかったら。同じ痛みを知る者どうし、それでも孤独を分かち合えなかったら。そのときこそ、私は正真正銘、孤独になってしまう。それが、どうしようもなく怖いのよ」

そのくらい、同じ痛みを抱えた人と一緒になるというのは、巴瑠にとって覚悟がいることだった。《ちょうどいい》なんて言葉を使われては、とうてい身を委《ゆだ》ねる気になれなかったのだ。

手のひらで作った闇と、室内を満たす静寂に、しばし病身を横たえていた。次に視界を取り戻したとき、一誠はイヤリング作りを再開していた。

「いてっ——」

彼が小さく叫び、指をくわえる。ワイヤーの先が刺さったのだ、とわかった。

「救急箱なら、キッチンの戸棚に……」

巴瑠は上半身を起こし、取りにいこうとする。だが、目がくらんだ。

「このくらい平気だよ。きみはおとなしく寝ててくれ」

「でも――」

「いいってば！」

大きな声に、身がすくむ。

「知ってるだろ、こんなの大した傷じゃないって。同じこと、きみだって経験あるだろう」

彼の言うとおりだ。その痛みもまた、巴瑠は知っている。知っていて、でもこの気づまりな状況から逃げたくて、心配するふりをしただけだ。

痛むらしい指先にときおり顔をしかめつつ、一誠はなおも座卓に向かう。やがて赤いとんぼ玉のイヤリングが完成したころ、ぽつりぽつりと語り始めた。

「……きみの気持ちはよくわかった。納得がいった。確かに僕は、きみと結婚する資格なんてないと思う」

わかってくれたらしい。そう思ったのもつかの間、彼は次のように継いだ。

「チャンスをくれないか。これまでは僕だけがきみのことを知っていて、きみは僕のことを知らなかった。黙っていて本当に申し訳なかったと思ってる。いまではようやく、お互いの認識が対等になった。そこからもう一度、やり直させてほしいんだ。結婚なんかしてくれなくていい。恋人でなくてもかまわない。ただ出会った日に戻って、きみへの思いを一から育て直したい。そのためのチャンスがほしいんだ」

少し、切り替えが早すぎやしないか。そんなことを言いかけ、巴瑠ははっとした。眼鏡の奥の目をしばたたかせ、一誠は涙をこらえていた。彼がワイヤーを指に刺したのは、視界がぼやけていたからだったのだ。

「あきらめきれないよ」

黄色のとんぼ玉を手に取り、Tピンを通す。直角に曲げて適当な長さで切り、丸やっとこで先端を丸める。うまくいかない。いびつになったTピンは金属疲労でもう使い物にならず、とんぼ玉から外す。ワイシャツの袖口《そでぐち》で涙をぬぐう。

「僕だってこれまで、通り雨みたいにいきなり襲いかかってくる寂しさに、何度も押し流されそうになってきた。そういうとき、何とか耐えてこられたのは、きみのブログが寄り添ってくれたからなんだ。もう十年もそうやって、繰り返し読んできたんだよ」

一度写真が載せられただけのターコイズのネックレスを、店の外からでもひと目で見分けられるほどに。

「いまここできみとさよならしたら、僕はきみだけじゃなくきみのブログまで失ってしまう。寂しいときに読み返しても、きっともう寄り添ってはくれなくなってしまう。そんなのつらすぎるよ。きみの話を聞いて、ものすごく反省してるんだ。体じゃなくてきみという人間を好きになったんだってこと、信じてもらえるまで示していくから……だから、これでおしまいなんて言わないでくれよ。頼むよ」

目元をぬぐい、パーツを手に取る。だめにしてはまた、目元をぬぐう。そのうちに一誠は、肩を震わせるだけになった。

――十年前、駅のホームで号泣したころのことを、巴瑠は思い出していた。

急激に輪郭を持った孤独に圧倒され、子を授かった人やその可能性がある人のなぐさめなど何の意味もなさなかった。だからブログを始めた。同じ痛みを知る人を探して、何とか孤独をまぎらそうとした。

そしていま、目の前に同じ痛みを知る人がいる。確かに彼は、巴瑠を逃れようのない孤独の淵《ふち》に立たせ、足をすくませるようなことを言った。だが、それだけでほかの部分を顧みることなく、さよならしてしまっていいのだろうか。それでは結局、同じ痛みを抱えた二人の人間が、従前の孤独に戻ってしまうだけなのではないか。

十年という時間をかけ、少しずつ積み上げてきたからこそ、わかったことがある。むろん、まだわからないことも。それは自分のことだけでなく、ほかの誰かのことであっても同じだろう。いまここに、結論と呼べるほどのものはない。あるわけがない。ブログではなく現実に出会い、交際を始めてから、二人はたった半年をともにしただけなのだから。

巴瑠は重くてたまらない体を、ベッドから引きはがす。ほとんど倒れ込むようにして、一誠の背中にくっついた。

「……私たち、この体のことでこれまでさんざん傷ついたり、悩んだりしてきたよね」

一誠がうなずく。背中が揺れる。彼の蓄えてきた傷跡が、この内側には無数にあるはず。どちらかといえば細く、頼りなくすら感じられるこの体で、彼もまた孤独に必死で耐えてきたのだ。

「そんな私たちがお互いに、傷つけ合っていてはだめだよね。せっかく同じ痛みがわかるのに。少なくとも、どうしたら痛むかくらいは想像できるのに」

二人の出会いがただの偶然だろうと、あるいは運命だろうと、そんなことはどうだっていい。同じ痛みを抱える二人が出会ったという事実だけが、ここにはある。大切なのはいつだって、その先に何を積み重ねていけるかなのだ。

「ゆっくりわかり合っていきましょう。時間をかけて、それこそ必要ならもう十年費やしてでも、二人が孤独を分かち合いながら一緒に歩めるのかを確かめていきましょう」

一誠がこちらを振り返る。目を充血させ、呆《ほう》けたような表情をしていた。

はにかみながら、巴瑠は左手を差し出す。

「もし、あなたがそれでよかったら、その……指輪、私にはめてくれないかな」

一誠は慌《あわ》てて、そばに置いてあった自身のバッグから指輪のケースを取り出した。予想どおり、持ってきていたようだ。

大事そうに指輪をケースから抜き取り、巴瑠の左手の薬指にそっと通していく。根元まで通してもまだ、しばらくのあいだ彼は、指輪から手を離さずにいた。

「いろんなことを話していこう。たくさんの時間を、二人で一緒に過ごしていこう。これはその、約束の証《あかし》だ」

巴瑠はこっくりとして笑った。

「こんな私だけど、これからもよろしくお願いします」

「こちらこそ……おっと」

限界が近かった。巴瑠は一誠の肩にあごを載せるようにして、身をあずけた。

——できるだけ、置き場は自分の中に見つけたいと思っている。

でもどうしても見つからなくて、苦しくなってしまったときは、いっそこんな風に、彼にあずけてみてもいいのかもしれない。その代わり、彼の置き場がなくなって、私の中に余裕があるときは、彼のためのスペースを空けてあげよう。孤立したふたつの部屋よりは、くっつけてひとつの部屋にしたほうが、広く使えるはずだから。

再び眠りに落ちる寸前、巴瑠の目は座卓の上にあるものを映した。淡青のとんぼ玉のイヤリングと赤いとんぼ玉のイヤリングがひとつずつ、身を寄せ合うように並んで、優しい光を放っていた。

7

結局、巴瑠は丸一週間、お店を休みにした。

翌週の土曜日、ぷらんたんに安藤奈苗がやってきた。長い髪を下ろし、もうイヤーマフをしていない。

「先日は、ありがとうございました」

安藤は丁寧に頭を下げる。それで、巴瑠も訊《き》きやすくなった。

「初デート、どうでしたか」

「お送りいただいたイヤリングをしていったから、彼、耳たぶがないことにすぐ気がついて」

イヤリングは一誠と会った次の日に発送してあった。みっつのうちふたつが一誠の手になるものだったのは心苦しかったけれど、間に合ったようでひとまずほっとした。

「それで、彼は何と」

巴瑠は核心に触れる。返ってきたのは、軽やかな笑みだった。

「『驚いたけど、気にしない』って。わたしたち、お付き合いすることになったんです。今日はその報告に、と思って」

「わあ、おめでとうございます！」

イヤリングのおかげです、と安藤が礼を述べる。

「あの、私……安藤さんに、謝らなきゃいけないことがあって」

巴瑠がおずおずと切り出すと、安藤は首をかしげた。

「謝らなきゃいけないこと？」

「実はお送りしたイヤリング、赤いのと黄色いのは、私がお作りしたものではなかったんです。あれからひどく体調を崩してしまって、どうしても自分で作れるような状態ではなくて……代わりに、知人に作ってもらいました」

　すると安藤は《ああ》と高い声を上げた。

「ひと目でわかりましたよ、これは慣れた方の仕事じゃないなって。ハンドメイドアクセサリーは、わたしもかねて愛用していますから」

「本当に申し訳ありませんでした。お代はお返ししますので」

「いえ、いいんです」顔の前で片手を振る。「わずかな狂いもない完璧《かんぺき》な品よりも、ちょっとくらいいびつなほうが、わたしらしくていいかもって思いました。勇気をもらった気がしたんです」

　そう言って、左側の髪をかき上げる。安藤の左耳には、一誠の作った黄色のとんぼ玉のイヤリングがつけられていた。彼女の言葉は、今日も力強い。

　――巴瑠は、薬指の指輪に手を触れた。

　子供を授かれない人。耳たぶがない人。何ら欠けたところのない完璧な人なんてきっとこの世にいなくて、たとえ外からではわからなくても、誰しも体や心のどこかにいびつなものを抱えながら生きている。そうやって、自分という人間とともに歩み続けている。

両耳にきれいなイヤリングをすることだけが幸せじゃない。子供を産んで育てることだけが、幸せじゃない。私や安藤さんや一誠にも、私たちなりの、私たちらしい幸せがあるはず。これからもそんな、いくつもの幸せに出会えることを楽しみにしながら、何でもない日々を積み重ねていく。

「ご婚約、なさったんですね」

巴瑠の指輪に目をやりながら、安藤が祝福してくれる。巴瑠はにこりと笑って言った。

「私たち、幸せになりましょうね」

新しいお客さんがお店の扉を開けて、暖かい風が吹き込んできた。

春の訪れが近い。

クローバー

1

気の沈むことがあった日は、ぷらんたんへ行くと決めている。

「こんにちはー」

木枠の扉を引いたとき、風が吹いて陳列台のフックにぶら下がるイヤリングを揺らした。

小高未久《おだかみく》は流れたショートカットの髪を、手櫛《てぐし》で元どおりになでつけた。店主の北川巴瑠が、カウンターの奥の椅子《いす》から優しげな笑顔を向けてくれる。

「いらっしゃい。未久ちゃん」

二月の末、うららかな陽射《ひざ》しがいまの自分には恨めしくすら感じられる土曜日だった。広くないぷらんたんの店内には、ひとりの先客がいる。大人びた雰囲気の女性で、まっすぐに下ろした髪の隙間《すきま》から、片耳にだけイヤリングをしているのが見えた。なくしちゃったのかな、と思う。

「じゃあ、わたしはこれで。また来ます」

ほとんど入れ違いに、女性は帰っていった。わたしのせいで帰ったのかな、邪魔しちゃったかな、なんてことを考えてしまう。

いつもは居心地のいい店内を、ちょっぴり落ち着かない気持ちで歩き回る。ややあって、聞こえてきた言葉は唐突だった。

「その両目を――」

振り向くと、巴瑠は人差し指を上のまぶたに、親指を下のまぶたに添えるという、奇妙なポーズをとっている。それも両手、両目だ。

「ぐっとしたい」

言うと同時に、巴瑠は指でまぶたを無理やり広げた。

噴き出すな、というほうが難しい。かわいい顔が台なしだ。巴瑠も手を離して笑った。

「未久ちゃん、目つきがおっかないよ」

「本当ですか？　やっぱり眼鏡、作ったほうがいいのかなあ」

以前も巴瑠に、猫背になっていることを注意された。どうも近ごろ視力が落ちたようで、顔を近づけるか目を細めるかしないと、商品がよく見えないのだ。

気がつけば、そわそわする感じはなくなっていた。未久はまだ少し笑いを引きずりながら、

「でも、さっきの巴瑠さんの目つきのほうが、よっぽど怖かった」

「そうかな？」巴瑠がまた、まぶたを広げる。

「やめて、繰り返さないで」

そのおかしさが鎮《しず》まったころ、子供のころからかかりつけのお医者さんみたいな調子で、巴瑠が言った。

「何か、つらいことでもあった？」

驚いた。「何でわかったんですか」

「だって、未久ちゃんがうちのお店に来てくれるのは、たいていそういうときだもの」

肩をすくめられ、未久はきまりが悪かった。

不思議な人だ、と思う。心の中を、すっかり見透かされているように感じるときがある。だからこそ、気が沈むと会いたくなる。進んで自分の話をするのが苦手な未久に、そのための時間を無理なく作ってくれるから。

京都御苑《ぎょえん》の近くにあるハンドメイドアクセサリーショップ、ぷらんたん。未久が初

めてここを訪れたのは、昨年の五月のことだった。

京都市内の私立大学に入学して間もなかったあのころ、未久の心の多くを占めていたのは、焦《あせ》りと劣等感だった。

高校生のときまでは、休日でも制服で出かけることが多く、化粧なんてほぼしたこともなかった。大学生になってみると、まわりがみんな――上回生も同回生も、男子も女子も――自分よりはるかにおしゃれに見えた。食事をしたり、誰かの冗談に笑ったりするのと同じくらい自然に、見た目に気を配っているように感じられた。

このままじゃ恥ずかしくて学校に行けない、と思った。洋服も買わなきゃいけないし、化粧も覚えないといけない。だけど初めてのひとり暮らしで時間にもお金にも余裕がなかったし、それに何よりも、未久は自分の持って生まれた見た目やセンスに自信がなかった。通学はまじめに続けていたけれど、いつも誰かがこっちを指差して、くすくす笑っているような気がしていた――地味な女、と。

大学が、息の詰まる場所になっていたからだと思う。あるとき未久は、講義の空き時間に、思い立ってあたりを散歩してみた。京都御苑の隣にあるキャンパスへはもうひと月もかよっていたのに、周辺に何があるのか、いまだによく知らない。それを探りたい気持ちもあったし、とにかくほかの学生の目から逃れたかった。

京都御苑の広大な敷地を歩き、適当な門から外に出て、少し歩いたところでぷらんたんを見つけた。小ぢんまりとした店構えや、扉のガラスから見通せる素朴な色合いの内装が、優しく手招きをしてくれているような印象だった。デパートやショッピングモールのテナントよりも、ずっと立ち寄りやすい。

いわゆる《一見《いちげん》さん》だったのに、常連客のような気安さで、未久は扉を開けた。そして店主の巴瑠に出会い、地味な自分にも似合うと思えるかわいくてリーズナブルなアクセサリーに魅了され、一度でお気に入りのお店となった。進学のため京都に出てきて、初めて居心地のいい場所を見つけた。

「元気なときだって、ぷらんたんに来ることもありますよ」

未久は反論し、付け足した。「……今日は、そうじゃなかったけど」

転がされたボールに、すぐ飛びつくような人ではない。巴瑠は、そのボールの動きが止まるのを待つくらいの間をおいてから、訊《たず》ねた。

「よかったら、聞かせてくれる？」

彼女はこのぷらんたんを、すべてひとりで営んでいる。お店の雰囲気にぴったりの、小柄でかわいらしい女性だ。

最初のうちは、自分よりちょっと歳上《としうえ》くらいに思っていた。だから、いつだったか

未久が早生まれであることを明かしたときに、巴瑠が間髪を容《い》れず、

「なら、私と干支《えと》が同じね」

と返してきたときは本当に驚いた。未久は今年で十九歳だから、巴瑠は三十一歳ということになるけど、とてもそうは見えないのだ。そのくらい、彼女は見た目が若い。

「今日、大学の入試の日だったんですよ」

未久は答える。自分のかよう私大の話ではない。

巴瑠には、その一言だけで伝わった。

「彼のことね」

「さっき、一日目の試験が終わったって連絡が来たんです。——まだ明日もあるのに、もう受からないって確信するくらい、全然だめだったみたいで。センター試験の出来もよくなかったから、元々かなり厳しかったんですけど」

残念だったね、と巴瑠。

「彼のことが心配だし、せっかく京都に来てるんだから会おうよって誘ったんですけど、断られちゃいました。明日も試験があるからって言ってたけど、本当は彼、落ち込んでる姿を見られたくないんだと思います。わたしの前では、いつも自信にあふれてるようにふるまうから」

地元の福岡に恋人がいることを、巴瑠には打ち明けてあった。名を向原拓也《むかいはらたくや》といい、高校二年生の夏からずっと付き合っている。

同じクラスになったことがきっかけで親しくなり、拓也のほうから告白してくれたのだけれど、当時から地味で目立たない生徒だった未久とは異なり、拓也は学年の人気者だった。何しろ社交的で成績もよく、しかも高校生にしてバンドまでやっている。だから、拓也のような彼氏がいることを、未久は誇りに思っていた。

一年前、最初の大学受験の年。拓也が京都の国立大学を第一志望としたのに合わせ、未久は同じ京都市内の私立大学を受験した。結果は、未久だけが合格。拓也は第一志望への進学にこだわり、浪人することを決めた。彼の両親から、私大では家を出せないと告げられていたからだ。未久は合格した私大に進み、遠距離恋愛が始まった。

この一年間、未久は本当に寂しかった。高校生のころは、たった一日会えないだけでもつらかったのに、それが当たり前のようにひと月以上も続く。

拓也は受験勉強で忙しかったので、会いにいくのはいつも未久の役目だった。京都と福岡を往復するには何をおいても交通費がかかるので、未久はサークルにも入らず、ファミリーレストランでのアルバイトに明け暮れた。そして、貯《た》まったお金でゴールデンウィークとお盆と年末年始、さらにそのほかにも三度、夜行バスに乗って福岡へ帰った。これでも勉強の邪魔にならないようにと、精いっぱい我慢したつもりだ。一年待てば、拓也が京都に来てくれるものと信じていた。でも、彼の努力は実りそうにない。二浪の選択肢はないとのことで、滑り止めで受けてすでに合格している、地元の私大に進むことになるだろう。

どうしようもないとわかっている。このまま遠距離が続くとしても、拓也と別れるなんて考えられない。だけど、この寂しさに当面、終わりが来ないことが決まってしまったんだと思うと、やはりどうしても心が重かった。

「どうしてこうも、思いどおりにいかないんだろ。自分の人生、つくづく嫌になっちゃいます」

心の底から発したというよりは、何の気なしに口をついて出た言葉だった。すると、巴瑠がすっと真顔になって、思わぬことを言い出した。

「——誰かと代われるものなら、代わりたい？」

まるで、《どうして人を叩《たた》いちゃいけないの》と訊ねる幼い子供のように、無邪気さと残酷さをその声音にからめて。

「代わってみる？　私と」

なぜか、ひやりとしたものを感じた。未久はぎこちない笑みで、意味のない答えを返す。

「そんなこと言ったって……代われないですし」

巴瑠がくすりと笑ってくれたので、どれだけほっとしたことか。

「でも、いま、代わるのは嫌だなって思ったでしょう」

「巴瑠さんと入れ替わるのが嫌とか、そんなじゃなくて……人の人生なんて、きっと外から見てもわからないことばかりだから、代わるのは怖いなって」

巴瑠は、しっかりうなずいた。

「未久ちゃんは、ちゃんと自分の人生を選んで歩いてる」

ぽかんとしていると、巴瑠はカウンターを出て棚から自作の商品を取り、未久に手渡した。

「これ、いつもうちのお店に来てくれる未久ちゃんに、私からのプレゼント」

ブレスレットだ。赤い丸革ひもを四つ組み編みにして、金のロンデル——リング型のパーツ——を通してある。ひもの端を留めるボタンの、石の縁取りがきらきらしてきれいだった。

「そんな、お金払いますよ」

慌《あわ》てて財布を取り出そうとした未久を、巴瑠は制した。

「未久ちゃんがこんな色を選んでるところ、見たことない。でもね、私はこういうのもあなたに似合うと思ってるの」

彼女の言うとおりだ。赤なんて目立つ色、進んで買うことはまずない。似合うとは思えなかったけど、巴瑠が自分をなぐさめてくれているとわかっていたので、未久は素直に受け取ることにした。

「ありがとうございます。大切にします」

ぷらんたんを出ると、街には宵闇《よいやみ》が迫りつつあった。

巴瑠からもらったブレスレットを、手首に巻いてみる。やっぱり似合っていない気がして、すぐに外してしまった。それでも彼女の気遣いがうれしかったし、拓也から連絡を受けたときにずしりと重く感じられた心は、話を聞いてもらったことでいくらか軽くなっていた。

週末でも学生の多いキャンパスの、そばの通りを早足で歩くあいだ、頭をめぐっていたのは巴瑠の言葉だった。

――未久ちゃんは、ちゃんと自分の人生を選んで歩いてる。

どうしていきなりあんなことを言ったのだろう、と思う。自分で選んだ人生だから、嫌になってもがんばって、とても伝えたかったのだろうか。だとしたら、巴瑠にしては説教じみている。

しばらく考えてみたけれど結局、よくわからなかった。そのうちに、落ち込んでいる拓也をどうやってはげまそうかということで頭がいっぱいになり、未久はそれ以上、考えるのをやめてしまった。

2

四月は学生食堂が混み合う。はりきった新入生が、毎日まじめに通学してくるからだ。昨年経験したとおりなら、ゴールデンウィークを過ぎたあたりから、この混雑はじょじょに落ち着いていく。

「あっちに席、空いてたよ。とりあえず椅子の上にテキスト置いてきた」

注文の列に並ぶ未久のもとに、杉野《すぎの》美貴《みき》が駆け寄ってきて言った。未久は、美貴が《あっち》と指差したほうを見やりながら、

「ありがと。でも、テキストなんか置いてたら、盗《と》られちゃったりしない？」

「大丈夫だよ、これだけ人目があるんだから。未久は心配性だねえ」

からからと美貴が笑うので、未久は苦笑した。

杉野美貴は大学のクラスメイトで、未久にとっては学内で一番の友達だ。仲良くなったきっかけは、入学式のあとで開かれたクラスコンパだった。

親睦《しんぼく》を深めるための、つまりはその後の学生生活が充実するかどうかに関わる重要なコンパだとわかっていた。けれども未久は大勢でわいわい騒ぐのが苦手だったので、あまり気乗りしていなかった。それでも最終的に参加したのは、幹事がひとりずつ出欠を取って回る中で、ほぼ全員参加の流れに逆らうことがいっそう苦手だったからだ。

会の初めの自己紹介が終わったあとは、ほとんど口を利《き》くこともなかった。隅っこの席でちびちびウーロン茶を飲みながら、まわりの話を聞くともなしに聞いていると、わざわざ離れたところからやってきて、隣に腰を下ろした女の子がいた。

「あなた、未久ちゃんっていうんだね」

とまどいつつも、うなずく。彼女はにっこり笑った。

「あたし、美貴だよ。《キ》と《ク》で一音違いだね」

美貴は髪を明るく染めていて、細い革ベルトのおとなびた腕時計をしており、クラスメイトの中でもとりわけ華やかに見えた。憧《あこが》れの女の子、というのが第一印象だ。そしてそういう子に限って、見た目だけでなく性格までいいことが往々にしてあるのを、未久は自身の経験から知っていた。

未久がいづらそうにしているのを見て、気を遣って声をかけてくれたのだろう。なれなれしい態度にびっくりしたものの、親しみを持ってもらえたことはうれしかった。それがたとえ、名前なんていう取るに足らないことであっても。

もっとも美貴は、自身の名前があまり好きではなさそうだった。字面《じづら》を聞いた未久が、素敵な名前だね、と褒める――本音だけど、何とも面白味のない感想だと思いつつ――と、彼女は鼻にしわを寄せた。

「でも、《スギノミキ》だよ？　この季節はいつも、日本じゅうから総スカン食ってる感じがする」

「どうして？」

「《杉の幹》なんて、花粉症の人たちにとっては天敵でしょう」

冗談を言ってるんだ、とわかった。何か返さなければと思い、とっさにひねり出した言葉は次のようなものだった。

「大丈夫。わたし、花粉症じゃないから」

美貴は、元々大きな目をさらに見開き――そのあとで、大笑いした。

「未久ちゃんて、ゼツミョーだね」

何が《ゼツミョー》なのかはわからない。けれどもその瞬間、美貴に気に入られたことは確かで、そんな彼女のことを、未久のほうでも好ましく思うようになったのだった。

「ごはんを受け取るだけで十分以上かかっちゃったね。そのぶん昼休みも延長してほしいなあ」

のんきなことを言いながら、美貴がテーブルにランチ定食の載ったトレイを置く。未久はカレーライスにした。椅子の上のテキストを美貴に返して、座る。

「列に並ぶのと席取るの、二人で分担できただけマシだよ」

「だね。ひとりだったら地獄だわ」

大げさなもの言いがおかしかったけど、未久はひとりなら学食へ来もしない。美貴がいてくれることを、ありがたいと思っていた。

カレーライスはごく普通の味だった。半分くらい食べ終えたところで、だしぬけに美貴が訊《き》いてくる。

「それで、未久。ゴールデンウィークの予定はどうなの」

「んー。帰省するかな」

決まっていないような口ぶりで答えたけど、高速バスの予約はとっくに済ませてあった。

美貴はひじをテーブルにつくという、行儀の悪い姿勢を取る。

「だよねえ。ダーリンが待ってるんだもんね。うらやましいなあ」

「ダーリンなんて、古い言い方」

未久は笑う。美貴みたいな素敵な女の子にうらやましがられ、心の奥がぽっと温かくなった。

現在、美貴には恋人がいない。インカレのテニスサークルに所属する彼女は、昨年同じサークルの男の子と付き合い始めたものの、半年ともたずに別れてしまった。理由を訊ねた未久にたった一言、「やっぱり何か違ったわ」と口にした彼女の潔《いさぎよ》さは忘れがたい。

恋人がいなくても学生生活は充実しているようで、美貴はいつでもはつらつとしている。その、陽の光に照らされた噴水のようにきらきらと輝く彼女が、未久にはまぶしい。拓也を逃したらもう誰にも振り向いてもらえないだろう自分とは違って、その気になれば恋人なんていくらでも作れるに決まっている。

「そっかそっか、未久が暇なら旅行にでも誘おうかと思ってたんだけどな。やっぱ、彼氏といるほうが楽しいよね」

言葉だけを追えば皮肉のようでもあるけれど、美貴の口調には嫌味がなかった。うれしいし、申し訳ないとも思う。美貴だって、わたしなんかよりサークルの仲間と旅行したほうが楽しいんじゃないの——つい口が滑りそうになり、慌ててコップの水と一緒に飲み込んだ。

「どうかなあ。いまさら楽しいとかないよ」

「おや。クールですね、未久さん」

「ちょっと、からかわないで」おどけた口ぶりに、にやついてしまう。「もう三年近くも付き合ってるんだもん。いい加減、落ち着いて当然だって」

嘘《うそ》だった。付き合いが長くなればなるほど、未久は拓也のことが好きになっていったし、まるで体の一部にでもなってしまったみたいに、彼なしでの生活など考えられなくなりつつあるのだった。

「彼に会うためにサークルにも入らず、バイトに専念して……未久も彼氏も、幸せそうで妬《や》けるなあ」

それは何の気なしに発した言葉だったと思う。けれども未久は、カレーの最後のひと口をすくったスプーンの動きを、思わず止めてしまっていた。

——最後に拓也と会ったのは、春休みに帰省したときのことだ。

第一志望には受からなかったけど、ともかく拓也の受験は終わった。お疲れさまの意味も込め、二人で食事をすることになった。拓也を元気づけるには何がいいだろうと悩み、辛いものはどうかと考えて、タイ料理のお店を予約した。

「大学に入ったら、どんなバイトをするの」

受験の話はなるたけ口に出さないと決めていた。食事の途中、会話の流れでそう訊ねると、拓也は斜め上を見た。長いこと美容院に行く余裕がなかったらしく、前髪が下まつげのあたりまで垂れている。

「そうだなあ。軽音サークルに入ってしっかりバンド活動したいから、あんまり忙しくないバイトがいいな」

「……サークル、入るんだ」

このときも、未久はトムヤムクンをすくったスプーンの動きを止めたのだ。

非難がましくなってはいけないという気持ちと、正面切って非難したい気持ちとがぶつかり合い、声が硬くなってしまった。わたしはあなたに会うために、サークルにも入らずバイトしてきたのに、あなたはサークルに入るの？

「何？　入っちゃだめなの？」

拓也の返事にはっとする。不機嫌が、彼の顔にははっきり表れていた。

受験に失敗してからというもの、拓也は些細《ささい》なことですぐイライラするようになっていた。一浪しても志望大学に入れなかったことや、遠距離恋愛が続くことに対する自責の念など、さまざまな負の感情が彼を卑屈にさせているらしいのだ。

「ううん、だめじゃないよ」未久は慌てて取りつくろい、それでも次のように言い足した。「拓也、前に『サークルなんて時間の無駄だ』って言ってたから、ちょっと意外だっただけ」

未久も入学したてのころは、何かのサークルに入るつもりでいた。ただ特別に興味をそそられるものがあったわけではなく、どんなサークルにしようかなあ、とビデオ通話で話した未久に向かって、拓也が言い放ったのだ。

「サークルなんてやめとけよ。時間の無駄だ」

絶句した。拓也が追い打ちをかけてくる。

「これといって、入りたいサークルもないんだろ」

「でも、どこかには入らないと、友達もできないよ」

すると彼は未久の好きないつもの、はにかむような笑みを浮かべ、優しくささやいたのだ。

「たとえ友達ができなくても、未久にはオレがいるじゃんか」

その一言でじゅうぶんだった。だから、未久はサークルに入るのをやめた。そしてすぐにアルバイトを探し、これまで拓也に会うための費用に充《あ》ててきたのだが――。

「未久の場合は、どうしたって遊びになるだろ」

渡り蟹《がに》のカレーソース炒《いた》めにかぶりつきながら、拓也は悪びれるそぶりも見せない。

「オレはもっと本格的にバンド活動をやって、ゆくゆくはプロを目指すことも考えてるんだ。そのためにサークルに入るんだから、遊びのつもりはまったくないし、時間の無駄になるわけがない」

未久は大学で、教員免許を取るための勉強をしている。サークルは遊びにしかならないと言われれば、それに対しては反論できない。

拓也はかねてバンド活動をしており、わけても曲作りに情熱を傾けていた。そんな拓也の、ときにロマンチックでアーティスト然とした感性に、未久はたびたび感動させられ、惚《ほ》れ込んできた。拓也のバンド活動を応援することはだから、そのまま好きな彼を支えることでもある。軽音サークルに入るというのであれば、口出しできるはずもなかった。

空芯菜《くうしんさい》の炒めものに箸《はし》を伸ばしながら、拓也はどことなくわずらわしそうにしている。

「未久だって、入りたいサークルがあるんなら、いまからでも入ればいいじゃんか」

あぜんとした。いまさらそんなことを言うのか。さっき、遊びになると切って捨てたその口で。

二回生になってからサークルに入ったって、居場所なんてないに決まってる。後輩からも、同回生からも腫《は》れもの扱いだろう。それでなくても自分みたいな地味な人間は、集団の中で居場所を見つけるのさえ、いつも苦労するというのに。

あのときのように、《オレがいる》と言ってくれればそれでよかった。未久は悲しい気持ちになったけど、とはいえ拓也も、受験に失敗した傷がまだ癒《い》えてはいないのだろう。虫の居所が悪かったんだ――そう、信じるしかなかった。

「――未久、大丈夫？　おおい、未久」

われに返ると、目の前で箸が車のワイパーのように揺れていた。美貴が名前を呼んでいる。

「ごめん、ちょっと考えごとしてた」

未久は笑顔を作った。美貴がサークルの話をしたために、拓也との会話を思い出したことは教えない。

「どうしたの、いきなり怖い顔してさ。悩みとかあるなら話してよ」

「最近、よく言われるんだよね。視力が落ちたせいで、目つきが悪くなってるみたい。

「人も多いし、そろそろ行こうか」

二人で席を立ち、食器を返しにいく。隣で美貴が、あたしも彼氏欲しいなあ、と心のこもらない調子で言うのを、未久はぼんやり聞いていた。

3

高速バスが大通りの路肩に停まり、乗客はスイカの種みたいに歩道へ吐き出される。時刻は午前七時。あたりは早朝のすがすがしさに包まれ、未久は一度、腕を広げて深呼吸をした。

待ちに待ったゴールデンウィーク。福岡県随一の交通の要所、博多駅はいかにも旅行客らしくキャリーバッグを転がす人や、連休なんてどこ吹く風とばかりにスーツを着て仕事に向かう人などで混雑している。

地元に住んでいたころは、この時間に博多駅にいることなんてなかった。何度も高速バスに乗ったいまでは見慣れ、どの通路が比較的空《す》いているのか、どのトイレなら待たずに入れるかといったことまで把握している。

迎えに来てくれるはずだった拓也からの連絡はなかった。時間が時間だけに、寝坊したのかもしれない。お腹《なか》が空いていたので、早朝営業のファーストフード店に入る。

バスの車中では三時間くらい眠れただろうか。これでも慣れたほうだ。初めのうちは、特に往路、ほぼ一睡もできなかった。ようやくうとうとしたと思ったら、パーキングエリアのトイレ休憩で起こされたりするのだ。

注文したサンドイッチを食べてしまうと、とたんに眠気が襲ってきた。軽く船を漕《こ》ぎながら、拓也からの連絡を待つ。店は空いていたので追い出されることもなかった。長居することになりそうだったので、途中で一杯、コーヒーを追加した。

最終的に拓也が姿を見せたのは、十一時を回ってからだった。

「ごめんごめん。ゆうべ、サークルの飲み会でさ」

そう詫《わ》びる拓也の両目は真っ赤だ。だいぶ飲んだのだろう。ジャケットの下にタンクトップを合わせ、色の薄いジーンズをはいている。髪の長さが前に会ったときとあまり変わっていないのは、しばらくこの髪型でいくと決めたからかもしれない。

「昨日はサークルの新入生ライブだったんだ。それで、オレの組んだバンドがサークル内の人気投票で一位になって、新人賞ってのをもらったんだよ。まあ初心者も多いから、経験者ってだけでうまく聴こえたんだろうけど。何にせよ、自分の腕前がサークルでも通用することがわかってよかったよ」

言い訳をしたいのか自慢をしたいのか、拓也は向かいの椅子に座るなり、勢いよくまくし立てる。何も注文していない彼のことを、店員が迷惑そうな目で見ていた。

「で、打ち上げがあったんだけど、新人賞をもらった以上、途中で帰るわけにもいかなくて。始発で帰ったから、四時間くらいしか寝てないんだ」

わたしはもっと寝てないけど、なんて言い返せるはずもなかった。

「今日のことは、ずっと前から約束してたよね？　飲み会の予定があったのなら、日にちをずらしてもよかったのに」

なるべく気遣わしく聞こえるよう装《よそお》ったつもりだったけど、効果はなかったみたいだ。

「だから、悪かったって言ってるだろ。明日からオレ、友達と旅行だからずらせなかったんだよ」

拓也がむっとするので、未久は萎縮《いしゅく》してしまう。自分は拓也と会うのを優先させたけど、拓也は友達との旅行を優先させるんだな、と頭の片隅で思った。

複雑な心境ではあったものの、悪いことばかりでもない。志望大学に落ちて以来、卑屈な言動の多かった拓也が、サークルで新人賞をもらったことで自信を取り戻したようにも見える。どんな形であれ、拓也の憂鬱《ゆううつ》が晴れたのならそれはいいことだ。

「あたしは拓也と会えるだけでうれしいよ。じゃあ、行こっか」

努めて明るくふるまい、未久は拓也とともにファーストフード店を出た。

「で、どっか行きたいとこあんの」

駅の構内を迷わず進む未久に、拓也が訊いてくる。

「かしいかえんに行こうと思って。いまの時期、きっと花がきれいだよ」

かしいかえんは西日本鉄道が運営する、福岡市東区にある遊園地だ。小さいころには親に何度か連れていってもらった記憶があるものの、二〇〇九年のリニューアルオープン以降は一度も訪れていなかった。次に拓也と遊ぶのなら、遊園地がいいなと思っていたのだ。

かしいかえんへはJRで千早《ちはや》駅へ行き、そこから西鉄貝塚線に乗り換える。JRの改札に向かっていると、ふいに視界の外から男性の声が飛んできた。

「あれ、拓也じゃん」

立ち止まり、声のしたほうを振り向く。

「おー、こんなとこで奇遇だな」

拓也が手を挙げた先に、未久たちと同じくらいの歳ごろのカップルがいた。どちらの顔も、未久は知らない。二人ともカジュアルすぎずフォーマルすぎず、ほどよく着飾っているように見え、未久は思わず自分の服装を見直した。この日のために、精いっぱいおめかししたつもりではいてきたベージュのキュロットが、急にどうしようもなく野暮ったいもののように感じられた。

「昨日はおつかれ。ライブ、楽しかったな」

拓也の一言で、サークル仲間らしいとわかった。所在ないのは未久だけで、残る三人は親しげに言葉を交わしている。

「で、そっちの子は？」

と、男性に突如話を振られ、未久はうろたえた。

拓也が後頭部に手をやって答える。「あー、彼女だよ」

「へえ、そうなんだ。びっくり」

女性のほうが、未久を見てまばたきをした。その、全身を値踏みするような眼差《まなざ》しに、未久はいたたまれなくなった。彼女はいったい、何にびっくりしたというのだろう。拓也がわたしみたいな地味な女と付き合ってることに？

「おまえらこそ、びっくりだよ」

拓也がすぐに切り返してくれたのは幸いだった。拓也も自分たちの話は、あまり広げられたくなかったらしい。

「おれたちはただ、昨日の打ち上げの最中に、遊ぼうって話になっただけだよ。なあ？」

二人は目を見合わせ、少し照れたように逸《そ》らす。初々《ういうい》しい仕草が、何だかうらやましかった。

「そっか。ま、仲良くやれよ」

「そっちもな。じゃ、また例会で」

カップルと別れ、未久は拓也と並んで再び歩き出す。途中で一度、振り返ったら、カップルはこちらを見ながら何ごとかを話していた。その内容が気になりはしたものの、すでに離れすぎていて聞き取ることはできなかった。

かしいかえんには、三十分ほどで到着した。

気持ちのいい天気だった。未久はジェットコースターなど動きの激しいものに乗りたかったけど、拓也は気が進まないようだった。まだ二日酔いが残っているのかもしれない。

一年くらい前に拓也から、「未成年なんだから大学へ行っても酒は慎め」と戒められたことを思い出す。未久は友達が多くないので、その機会自体めったになかったが、自分なりにできるだけ守ってきたし、拒みきれず破った日には後ろめたさを覚えもした。

　いま、拓也は満十九歳だ。一年前の彼の台詞《せりふ》は何だったのか、と思う。ただし、拓也は今年の秋には誕生日を迎えて二十歳になるし、未久だって来年の頭まで待てば、法律上も堂々とお酒が飲めるようになるのだけれど。

　アトラクションにこだわらず、のんびり園内を散歩するのも悪くなかった。未久の見込んだとおり、花壇はパンジーやアリッサムやその他たくさんの花で彩《いろど》られていた。月並みな表現だが、まさしく絵に描いたように美しいその景色を、拓也と共有できたのがうれしかった。たまに不満はあっても、やっぱり好きだな、という思いがわいてくる。

　草の生えた土の上を歩いていたら、あるものが目に留まって、未久はその場にかがんだ。

「クローバーだ！　四つ葉、あるかな」

　緑の綿を転がしたように、シロツメクサがこんもり群生していた。拓也が未久の隣にしゃがんで、一緒に四つ葉のクローバーを探してくれる。その横顔を見ていたら、拓也と初めてデートしたときの思い出がよみがえってきた。

　高校二年生の初夏、拓也に誘われて週末に二人で会った。それまでにもクラスで言葉を交わすことはあったものの、まさか自分が拓也みたいな男子に好かれるとは思ってもみなかったので、未久のほうで彼を特別視していなかった。突然の誘いを受け入れたのも、断るのが気の毒だったからに過ぎず、人生初のデートに臨むにあたっては、浮かれるよりとまどう気持ちのほうが大きかった。

高校生のデートの行き先なんて、たかが知れている。公立高校にかよっていた二人は、学区内で一番広い公園に出かけた。遊歩道を歩きながらも会話は弾まず、未久は自分の緊張のせいだとひそかに申し訳なく思っていた。すると、拓也が靴ひもを結ぶみたいにさっと腰を落とし、言った。

「オレ、四つ葉のクローバーを探すの得意なんだ」

見ると、彼の足元にはクローバーが生えていた。ただ、未久は四つ葉なんて自力で発見できた経験がなかったので、このときもそんなに都合よく見つかりはしないだろうとたかをくくっていた。

「お、あった。はい、あげる」

ところがわずか三分ほどで、拓也はそれを見つけてしまった。

「すごい！」

受け取って、未久は思わず感嘆の声を上げる。彼の宣言どおりになったことを、ほとんど奇跡のように感じていた。

拓也は胸を反らしつつ立ち上がったあとで、こんな話をした。

「どうして四つ葉のクローバーが、幸せの象徴なのか知ってる？」

かぶりを振る。予期していたように、拓也は続けた。

「四つ葉を探すとき、こういう姿勢を取るだろ」

せっかく立ち上がったのに、またしゃがむ。そして、両手と両ひざを地面についた。

「……四つんばい？」

未久のつぶやきに、わが意を得たりという顔をする。

「四つ葉、四つんばい。似てるよな。そして、幸せっていうのも、四つ葉のクローバーを探すみたいに、こうやって必死になって探すものなんだ。それで、幸せの象徴ってことになったんだよ」

「へえ、そうなんだ。知らなかった」

未久が素直に感心してみせると、拓也は再び立ち上がって言う。

「――というのは全部、嘘。オレが考えた」

「何だ、そうなの」からかったんだね、と未久は笑う。

「でもさ、言われてみたらそんな気がしないか。だからオレ、曲を書いたんだよ。四つ葉は四つんばい、幸せはいつくばって探すもの——そんな曲を、さ」

そして、彼ははにかむような笑みを浮かべた。

その瞬間だ。

未久が、拓也のことを好きになったのは。

曲作りを趣味とする彼の、繊細な感性がすごく素敵だな、と思った。四つ葉のクローバーなんて、ただ歩いていれば通り過ぎてしまうだけ。でも拓也は、そこで足を止めて四つ葉を見つけ、未久を幸せな気持ちにしてくれた。普通に生きていたら見逃してしまいがちな、ささやかな何かを見つけることのできる人だから、地味で目立たない自分のことも見つけてくれたに違いない。そう、本気で思えたのだ。

その日は告白されなかったけど、次のデートで二人は付き合い始めた。それから三年近い月日を経て、こうして二人、また四つ葉のクローバーを探している。

「お、あった」

相変わらず、拓也は見つけるのが早かった。いまさら好きになった日のことをあらためて語ったりはしないけど、拓也が変わらずにいてくれることがうれしいし、安心する。

離れていても、わたしたちは大丈夫だ。拓也が差し出した四つ葉のクローバーを受け取りながら、未久は心の中でうなずいた。

4

「彼とは順調？」

　ぷらんたんの陳列棚の前で、いくつかの商品を手に取って見比べていると、巴瑠がカウンター越しに声をかけてきた。

　そのとき未久は、半球の樹脂の中に天体を閉じ込めたような、神秘的なデザインのペンダントを選んでいた。よく見るとひとつひとつ星の位置や大きさが異なり、満天の星がいいのか、それとも夜道で何気なく見上げるようなひかえめな星空が自分には似合うのか、迷ってしまう。

「順調ですよ」

　答える声が、フルーツジュースのストローに果肉が詰まるみたいに、喉元《のどもと》で引っかかった。

　最後に拓也と会ったあのゴールデンウィークからは、ひと月ほどが過ぎていた。その間に、三年弱の付き合いでほぼ毎日欠かすことのなかった連絡が、やや途切れがちになっている。

「そう、それはうらやましい限り。――私ったら、この前も一誠とケンカしちゃって」

巴瑠には桜田一誠という名の恋人がいることを、未久は知っていた。何度かこのお店で一緒になったこともある。眼鏡をかけた、巴瑠と同年輩の優しそうな男性だ。

「巴瑠さんたちでも、ケンカなんてするんですね」

「聞いてくれる？　二人で美術館に行ったときのことなんだけど」

巴瑠はカウンターに両手を置いて、身を乗り出した。

「すっごく人気の美術展の最中で、入場待ちの列が外まで延びるくらい人が多くて。目玉の絵の前に、人垣ができてたのね。その後ろで私が、どうにか見えないかなって小さくジャンプしてたら、彼、何て言ったと思う？」

「さあ」

「『苦労するね。巴瑠はおチビちゃんだから』――って」

巴瑠には悪いが、ちょっと笑ってしまった。

「一応、彼は彼なりに、気を遣ったつもりらしいんだけどね。でもおチビちゃんなんて、小さい子供じゃないんだから。それならはっきり《背が低い》って言われたほうがずっとましだよ。ほんと、失礼しちゃう」

巴瑠はぷりぷり怒っていた。《ぷりぷり》という表現がぴったりの、わざとらしい怒り方だった。

「それで、ケンカになったんですね」

「私、よっぽど彼を置いて美術館を出ていってやろうかと思ったよ。入るまでに並んだ時間がもったいないから、我慢したけど」

巴瑠はケンカと言ったが、たぶん一誠が一方的に平謝りしたのだろう。その光景が、目に浮かぶようだった。

実はわたしも――と、打ち明けてしまえればよかったのかもしれない。巴瑠のことを歳《とし》の離れた姉のように慕っている未久だけど、だからといって本音をすべて話せるわけではなかった。

「巴瑠さんといると、癒《いや》されるなあ」

「あら。私は真剣に怒ってるんだよ」巴瑠はまだぷりぷりしている。

「わかってますけど、そうやって素直な部分を見せてくれるのが、何だか居心地よくって。わたし、そういう友達があんまりいないから……だから、初めてぷらんたんを見つけたときは、うれしかったです。自分だけの、とっておきの秘密ができたみたいで」

「秘密と言わず、お友達を連れてきてくれたっていいのよ」

巴瑠は冗談めかして言う。お友達と聞いて、まっさきに美貴のことが浮かんだ。

「わたしの友達は、とってもおしゃれでかわいくて……アクセサリーも、高そうなのをつけてます」

言ってから、口が滑ったと慌てた。「失礼でしたよね、いまの言い方」

巴瑠はかぶりを振る。

「いいえ。誰しも好みはあるから」

「好み……そう、好みのことを言いたかったんです。わたしはこの店のアクセサリーが好きだけど、友達のいつもの恰好《かっこう》を見てると、ちょっと趣味が違うかもって」

「本人が、そう言ったの？」

みずから作ったものを含む、自分のお店の商品が好みでないと言われれば、巴瑠だっていい気はしないだろう。ところがこのとき、巴瑠は悲しむでも、気を悪くした風でもなかった。どういうわけか、質問の答えを初めから知っているかのようだったのだ。

誘導されたみたいに、未久は首を左右に振った。

「友達は、そういうことを面と向かって言うような子じゃないです。でも、何というか……わたしみたいな地味な女からすると、友達がしてるようなきらきらした高級なアクセサリーは、自分なんかがしても笑われるだけなんじゃないかって。背伸びしてみたところで、そんな自分が落ち着かないんです」

それは何も、ハンドメイドアクセサリーが高級ブランドのものに比べて劣っているとか、そういう意味ではない。スタイルのいい人じゃないと着こなせない服があるように、個性的な人じゃないとさまにならない髪型があるように、何だって似合う人と似合わない人がいるんだ——と、未久は思っている。

「それに比べて、ハンドメイドアクセサリーは素朴なかわいさで……わたし、身につけてるだけで幸せな気持ちになれるんです」

巴瑠は少し困っているようだった。

「私から見れば、未久ちゃんだってかわいいし、地味な女の子だなんて思ってないよ。どうして自分のこと、そんな風に考えるのかな」

「どうしても何も……客観的事実ですよね。特に誰かに何か言われたとか、嫌なことがあったとかじゃなくて、物心ついたころからずっと、そう思いながら生きてきました」

でも——と反論しかけた巴瑠を、未久はさえぎる。

「いいんです、なぐさめてくれなくても。自分のことは、自分が一番よくわかってますから。この前だって、彼の友達に驚かれちゃったし」

「驚かれた？」

未久はゴールデンウィークに拓也とデートをしていて、彼のサークル仲間と会ったときのことを話した。女の子の値踏みするような視線と、「びっくり」という台詞。拓也がこんな地味な女を選び、もう何年も付き合っているだなんて——そんな、心の声が聞こえてきそうだったことを。

愚痴を吐きたかったわけではないので、笑い話にして伝えたつもりだった。だけど巴瑠はちっとも頬を緩めず、こんなことを訊いてきた。

「びっくりって、その子は言ったんだね」

「はい」

「それに対して、彼は何て？」

「えっと……『おまえらこそ、びっくりだよ』って話を逸らしてました」

そう、と巴瑠はつぶやいて、考え込むようなそぶりを見せた。

未久は何となく、この話を掘り下げたくなかった。巴瑠が何を考え、その結果何を言わんとしているのかを、なぜかはわからないけど知りたくないな、と思った。

「わたしは別に気にしていません。まわりにどう思われようと、わたしには彼がいますから」

地味でぱっとせず、さえない日常を送っている自分のことを、それでも嫌いにならずにいられるのは、拓也が好きでいてくれるからだ。彼と付き合っているということが、未久にとっては何よりのアイデンティティなのだった。

「巴瑠さんこそ、どうなんですか。左手の薬指に指輪をするようになったの、今年に入ってからですよね。もうすぐ結婚ですか」

やや強引に、未久は話題を、目の前の女店主のほうへと押し返した。

巴瑠と一誠は付き合い始めてそれほど長くなく、結婚もまだしていないはずだ。指輪のことは気になっていたものの、これまでちゃんと話を聞いたことはなかった。

「うーん、どうかな。するかもしれないし、しないかもしれない」

煮えきらない返事だ。巴瑠がこういう態度をとるのはめずらしい。

「いつかは結婚しようと思ってる？」

「そうだね。そのときが来たら」

そのときっていつ、と未久は思ったけれど口には出さない。実年齢がそうであるように、精神的にも自分よりずっと大人に感じられる巴瑠でも、迷うことはあるのだろう。

「巴瑠さんと一誠さんの子供、きっとかわいいんだろうなあ」

深い意味のある言葉ではなかったから、巴瑠がそれに答えず話をこちらに振っても、特に何とも思わなかった。

「未久ちゃんは、いまの彼と結婚したいと思ってるの」

「もちろんです」相手が巴瑠だから、正直に答えられた。「二十五、六で籍を入れたいねとか、子供は何人欲しくて名前はどうするかとか、そんなことまで話し合ってるんですよ」

気がつくと、拓也と仲がいいことを、ことさらにアピールしている自分がいた。口に出したら、ちゃんと現実になっていく感じがした。ちょっとだけ安心して、謙遜《けんそん》するようなつもりで自虐《じぎゃく》を付け加える。

「あ、でも、子供は彼に似てほしいかな。地味なわたしに似たら、かわいそうだから」

ところが巴瑠は、これを聞き流さなかった。穏やかに緩められていた口元をきゅっと引きしめ、未久が反射的に謝りたくなるような、切実な声で言ったのだった。

「そんなことないよ。かわいそうなんかじゃない」

5

拓也とは会えない日々が続き、学生生活は水で薄めたようだった。

六月も後半に差しかかると、未久は週末を利用して福岡へ帰ろうとした。ゴールデンウィークからはひと月以上になるし、バイト代が入ったから交通費だって出せる。それに、拓也も居酒屋でアルバイトを始めたので、未久ひとりが何もかも負担する必要はないはずだった。

ところが拓也はサークルが忙しいことなどを理由に、未久とは会おうとしてくれなかった。ときおり電話をすると、彼は決まってサークルでの音楽活動がいかに充実しているかということを熱っぽく語った。それを聞くたび未久は苦しかったけど、表に出して彼の機嫌がまた悪くなってしまうことを恐れ、根気よく相づちを打ち続けた。拓也は本来、そういう華やかな場所で輝ける人なのだ。日陰を選んで歩いてばかりいる自分のような女とは違う。

七月はそれぞれ大学の期末試験があり、勉強に追われていた。それが終わって夏休みを迎えると、未久はすぐにでも会いたいと訴えたものの、ここでも拓也はサークルの夏合宿が近いからと断ってきた。たまには京都へも遊びに来てほしいなんてこと、とても言える空気ではなかった。

しかし、それでも未久には楽しみにしていることがあった。

毎年八月の十三日に開催される、関門海峡花火大会である。

高校二年生のとき、まだ付き合いたての拓也と初めて行った。海上に打ち上げられる花火の美しさに感動し、これからも必ず毎年、一緒に来ようと誓い合った。今年もお盆に未久が帰省するのに合わせて、行こうという話になっている。この日だけは拓也も、すんなり予定を調整してくれた。

花火大会当日は、夕方に博多駅で待ち合わせた。

未久は浴衣《ゆかた》を着て行った。この日のために新調したものだ。白地に紺の細い縦縞《たてじま》が走り、その上に薄紫の花がちりばめられている。帯は深紫だ。落ち着いた色合いが気に入って、試着した瞬間に買うと決めたものだった。

拓也は時間どおり現れた。未久を見つけて、小さく手を挙げる。

「よお。久しぶり」

およそ三ヶ月ぶりに会う彼は、髪を明るい茶色に染めていた。白のショートパンツにブルーのシャツというで立ちが、これまでよりもぐっと大人びて見える。

浴衣でよかった、と未久は思った。いつもの垢《あか》抜けない服装の自分なら、いまの拓也と並んで歩くことさえ恥ずかしく、みじめな気持ちになっただろう。

「拓也、かっこよくなったね。髪の色も似合ってる」

彼の雰囲気が変わったことに一抹の寂しさを覚えつつも、未久は素直な感想を口にした。拓也はありがとう、と返したけれど、未久の浴衣を褒めてはくれなかった。

会場となる門司港に向かうべく、JRの門司港行き快速電車に乗る。ところが、小倉駅が近づいたところで、拓也が思わぬことを言い出した。

「今年は、下関のほうから見ないか」

関門海峡花火大会は、福岡県と山口県を分かつ関門海峡をはさんで、門司港側と下関側の二ヶ所に会場が作られる。これまでの三度、未久たちはすべて門司港側の会場で花火を見ていた。

「いいけど、どうして？」

未久が理由を訊《たず》ねると、

「もう三回も、同じ側から見たんだ。反対側からも見てみたいじゃないか」

拓也はあらかじめ用意していたかのように、よどみなく答える。急な思いつきというわけではなさそうだ。

県境を越えるかどうかの違いはあるとはいえ、小倉駅からは門司港駅も下関駅も在来線で約十五分、駅までの所要時間にほとんど差がない。未久は拓也の提案にうなずき、二人は小倉駅で電車を乗り換えて下関へ向かった。

電車を降りて下関駅を出ると、あたりはすでにたくさんの人であふれ返っていた。海沿いの舗道を歩く。潮風が浴衣の隙間《すきま》にもぐり込んで心地よい。親子連れ、若いカップルからお年寄りまで、すれ違う誰もが年に一度のお祭りに瞳《ひとみ》を輝かせている。自分たちはどう見えるだろうと、未久は拓也の横顔を何度もうかがった。

やがて、水族館やアミューズメントパークが並ぶ、メイン会場の埠頭《ふとう》に到着した。ずらりと並ぶ夜店をぶらぶら見て回る。拓也が分け合って食べるフライドポテトや焼きそばを嫌がったので、はし巻きとかき氷とラムネをひとり一個ずつ買った。

人が多く騒がしいせいもあったけど、会話はあまり弾まなかった。久々だから、お互い緊張しているのかな。そんなことを考えているうちに陽が沈み、時刻は花火の上がり始める十九時五十分になった。座って見られる場所をうまく見つけることができず、人ごみの中で立ちっぱなしになった。

関門海峡花火大会は、門司港側の海上と下関側の海上、それぞれに花火が打ち上がるのが最大の特長だ。どちらの会場にいても、近くで上がる花火と、対岸の方角に上がるもうひとつの花火を同時にながめることができる。両会場合わせて一万五千発という数は、西日本でも最大級とのことだ。

最初の一発が上がる。大輪の花火が夜空を赤く染め、思わず、という感じでそこから拍手が起こる。

向こうの海上でも花火が上がった。途切れながら繰り返し咲き続ける、大きい花火と小さい花火。まるで、離れた場所から懸命に思いをかよわせようとする恋人みたいだ。

未久はぽかんと口を開け、その光景に見入っていた。肩には拓也の腕が触れ、今年もまた一緒に来られたんだ、という実感が湧《わ》く。四度めにして別の会場から見るというのも、回数を重ねてきた感じがしていいな、と思った――この花火はわたしと拓也が、月日を積み重ねてきたことの証《あかし》なんだ。

ふいに、拓也が未久の手を取ってきた。

デート中に手をつなぐなんて、数えきれないくらい繰り返してきたことだ。それでもいきなりされると、どきっとする。そのまま拓也は未久の手を持ち上げ、その中に何かをにぎらせてきた。

驚いて、手元を見る。プレゼント用にラッピングされた、下ろしたての石けんくらいのサイズの小箱だった。

「どうして？　プレゼントをもらうようなこと、何かあったかな」

未久は背の高い拓也の耳元に口を寄せ、訊《き》いた。自分の誕生日は年明けまで来ないし、ほかに最近、祝ってもらうような何かがあった記憶もない。心当たりがあるとすればひとつ、拓也と付き合い始めた記念日が少し前に過ぎたばかりだったけど、だとしたら未久はお返しを用意していなかったのでばつが悪かった。

拓也の説明は、未久の予想とはまったく異なるものだった。

「お詫び、かな。いままでずっと、寂しい思いをさせて悪かった」

花火大会の最中に、人ごみでやることじゃないとわかっていたけれど、未久は我慢できずにプレゼントのラッピングを解き、箱を開けた。

入っていたのは、四つ葉のクローバーの形をした銀色の飾りにボールチェーンを通した、あまり高級ではなさそうなネックレスだった。

「そういうの、好きかなと思って。未久、大学生になってから、そんな感じのアクセサリーよくつけてるし」

拓也は照れたようにそっぽを向いて言う。そんな感じのアクセサリーというのは、ぷらんたんで買ったもののことだろう。ちゃんと見てくれていたんだ、とうれしくなる。

「ありがとう、拓也。本物のクローバーはしおれちゃうけど、これならずっと持っていられるね」

お礼を言いながら、ちょっぴり涙ぐんだ。拓也は明るい夜空を見上げている。

花火の光に照らされながら、未久はネックレスをながめた。よく見るとクローバーの裏面に、アルファベットの刻印が入っている。

初め、わたしの名前だ、と思った。けれどもさらに目をこらしたところ、そのつづりのおかしな点に気づいて、未久はおそるおそる口にした。

「これ、間違ってるかも……」

裏面には、《MIK OAKA》と刻まれていた。

未久を《MIK》と表記するのはまだわかる。《U》がなくても、ミクと読むことはできるからだ。しかし、小高を《OAKA》とするのは明らかな誤りだろう。

お店で彫ってもらったのだろうし、そこで拓也がスペルを間違えて伝えるなんて考えられない。店員のミスだとしたら、その場で指摘すればやり直してくれただろうから、拓也は気づいてなかったんだと思った。ところが、彼は確認もせずにぽつりとつぶやいた。

「ごめん」

「ううん、いいの。名前のつづりなんて些細《ささい》なことだよ。それよりも、拓也の気持ちがうれしい」

未久は笑って、受け取ったばかりのネックレスを首につけてみる。

この三ヶ月間、とても不安だった。拓也は自分がいなくても楽しい学生生活を送っていて、連絡もあまりくれなくなって、このままわたしは彼から必要とされなくなっていくんじゃないか、と恐れおののいていた。

けれども本当は、彼も未久に対して後ろめたさを感じており、その埋め合わせにこうしてプレゼントを用意してくれていたのだ。わたしが彼を思っているように、彼もまたわたしを思ってくれていた。それをわたしは、感じ取れなくなっていただけなんだ。

四度目の花火は未久にとって、それまでにも増して特別なものとなった。それはちょうど、クローバーの四枚目の葉が特別であるように——そういうことを考えられる感性も、拓也から教わったものだ。それがまた、うれしい。

この先もずっと、わたしたちは大丈夫。花火が終わった後の静かな空は、まるで未久の心を反映しているかのようだった。

6

拓也と連絡が取れなくなったのは、お盆の帰省から京都へ戻った日のことだ。

花火大会のあとも数日間、未久は実家で過ごした。拓也とは会いこそしなかったものの、連絡は何度か取り合っていた。スマートフォンのアプリでメッセージを送れば返事が来たし、その内容にもおかしなところはなかった。

ところが京都に戻った瞬間から、連絡がぱったり途絶えてしまった。これまでにも長くて一週間くらい、何の音沙汰《おとさた》もない期間はあった。でも、いつ電話をかけても《電源が入っていないか、電波の届かない場所に……》というアナウンスが流れ、送ったメッセージは既読にすらならない。これは、明らかに異常事態だ。

未久は返事がなくても毎日、メッセージを送り続けた。拓也に対する心配と、二人の関係についての不安は高まり、送るメッセージは日ごと増えていった。何十通送っても、返事はない。既読にもならない。電話をかければ、聞き飽きたあのアナウンス――。

その状態が二週間ほど続き、思い余った未久は、高校の同級生のつてを頼って拓也と連絡を取ってみてもらった。

——そちらには、普通に返事が来たそうだ。

これで携帯電話が壊れるなどのトラブルが起きたんじゃないかという、わずかな望みも消えた。未久の連絡は、意図的に無視されていることになる。未久は手を貸してくれた同級生に、その理由を確かめるようお願いすることができなかった。それ以上は、怖くて踏み込めなかった。

その夜は眠れなかった。翌日、唐突に美貴をランチに誘った。仲のいい友達であっても、いつもは迷惑じゃないかという思いが先行してしまい、なかなか気軽には誘えない。だけど今回ばかりは、ひとりでこの動揺に耐えられる自信がなかった。

大学の夏休みはまだ続いており、美貴ともこのところ会えていない。思いきって誘いのメッセージを送ってみると、美貴からはすぐに「いいよ」と返ってきた。後悔する間もなかったくらいで、ちょっと拍子抜けした。

前に行ってみたいねと話していた、オリエンタルな雰囲気のカフェに二人で行った。席に着くなり、美貴が大きな目をわずかに細める。

「めずらしいね。未久から誘ってくれるなんて」

「あ、ごめん。やっぱり迷惑だった?」

美貴は大きくかぶりを振った。「逆。誘ってくれて、うれしかった。いつもこっちから誘ってばっかだったから、未久、本当はあたしのこと、別に好きじゃないのかなって思ってた」

意想外の言葉に、何と答えていいかわからなくなる。わたしが美貴のこと、好きじゃないはずないでしょう。こんなにも、美貴のような女の子に憧《あこが》れているんだから
——それとも、対等ではなく見上げるようなこの態度こそが、心を開いていないことの表れなのだろうか。

「で、どうしたの。目の下にくま、できてるよ」

それぞれランチセットを注文したあとで、あらためて美貴は訊ねてきた。

何もかも打ち明けてしまうのが、友達らしいふるまいなのかもしれない。けれども自分よりはるかに恋愛経験が豊富な美貴に、そんなつまらないことで、と笑い飛ばされるのが怖かった。

「ちょっと最近、いろいろあって落ち込んでてね。美貴の顔見たら、元気が出るんじゃないかと思って」

結局はあいまいなことしか伝えなかった未久に、美貴が一歩、踏み込もうとする。

「いろいろって？」

「大したことじゃないの。気にしないで」

言霊《ことだま》とかそういうものを、真に受けてきたつもりはない。でも、いまここで不安に思っていることを口に出したら、その瞬間に現実になってしまう気がした。それも、正直に打ち明けられない理由のひとつだった。

しばらくのあいだ、美貴は未久の瞳をじっとのぞき込んでいた。そのあとで、あきらめたようにため息をついた。

「つらいことがあるなら、話してほしいんだけどな。たぶん何の役にも立てないけど、それでもちょっとは気が楽になるかもしれないし」

友達甲斐《がい》がないぞ、と美貴はからかう。その気持ちがうれしくて、申し訳なくて、油断すると泣きそうだった。

「ごめんね。まだ、気持ちの整理がつかなくて」

「そっか。まあ、あたしじゃなくてもいいからさ。相手によって、話しやすいこととそうでないことがあるだろうし。でも、ひとりで抱え込むのはよくないよ」

「うん。ありがと」

注文の品が運ばれてくる。美貴が頼んだボンゴレも、未久のオムハヤシも、オリエンタルな感じはしないけど、おいしそうだ。

食べ始めたところで、美貴が視線を未久の手首に向けてきた。

「それ、かわいいね」

今日はずっと前に巴瑠からもらった、赤いブレスレットをしてきた。あんまり似合わない気がして、これまではほとんどつけなかった。でも、今日は会う相手が美貴だ。自分も少しくらい、明るい恰好をしなければと思ったのだ。

「大学の近くに、お気に入りのアクセサリー屋さんがあって。そこで、ね」

ひかえめに教えたつもりだったけど、美貴は身を乗り出してきた。

「えっ、どこどこ。あたしにも教えてよ」

「いいけど……美貴も、こういうの好き？」

フォークに巻いたパスタを口に運びながら、美貴は心から不思議そうに首をかしげた。

「こういうのって？　かわいいアクセサリーは好きだよ。当たり前じゃん」

何てことのないやりとりだったけど、目が醒《さ》めるような思いだった。

そっか。ハンドメイドアクセサリーは、美貴から見てもかわいいんだ。地味だから、美貴の好みには合わないんじゃないかと思ってたけど、そうじゃなかった——地味な自分が好むのだから、地味なものだと勝手に決めつけてただけなんだ。

その後、未久たちは料理を食べながら、また旅行の話をした。温泉なんていいね、ということで意見が一致したけど、日取りを決めるところまではいかなかった。いつにする、の一言が、どうしても未久の口をついて出てくれなかった。

美貴は夕方からバイトが入っていたので、カフェを出たところで別れた。——その足で、未久はぷらんたんを目指した。

気の沈むことがあったときは、ぷらんたんへ行くと決めていたんだ。美貴からブレスレットのことを訊かれて、やっと思い出した。

そんなに長いあいだ訪れていなかったわけではないのに、ぷらんたんの扉を前にしたとき、懐《なつ》かしさが込み上げた。息を深く吸い込み、扉を開ける。

「いらっしゃ——未久ちゃん？」

店主の巴瑠が、うろたえてカウンターの奥から飛び出してきた。

巴瑠の顔をひと目見た瞬間、溜《た》め込んでいた涙が止まらなくなった。両手で顔を覆《おお》いながら、ほかに客がひとりもいなくてよかった、と思った。

「どうしたの」

肩にそっと手を置いた巴瑠に、しゃくり上げながら話をする。

「彼氏と連絡が取れなくなっちゃって……ほかの人とは普通にやりとりしてたから、たぶんわたし、避けられてる。でも、心当たりなんて何もないし……そうなる少し前には二人でデートして、プレゼントまでもらったんです。だから、どうしたらいいかわからなくて」

「よかったら、詳しく聞かせて」

巴瑠はカウンターから椅子《いす》を持ってきて、そこに未久を座らせてくれた。巴瑠が差し出したハンカチを断り、リュックサックから出した自分のハンドタオルで涙をぬぐう。

詳しくといっても、あらためて説明するほどのことはあまりない。ただ、これまで巴瑠にも隠していた、拓也が進学してから彼との距離が広がりつつあるように感じていたことは、正直に話した。まとまらない話を一方的にしゃべるのは不慣れで、未久は途中、まるで酸素が足りずあえぐ魚のように、しばしば口をぱくぱくさせなければならなかった。

巴瑠は未久の説明に対して、いくつかの箇所で念を押した。

「門司港ではなく、下関へ行こうって彼が？」

「はい。でも、電車に乗ってる時間は大差ないんです」

「ネックレスを渡すときに、いままで寂しい思いをさせて悪かった、と？」

「そうです。彼も、後ろめたく思っていたみたいで」

「名前のつづりが間違ってると言ったら、彼は謝ったのね？」

「ごめん、って。言われる前から気づいてた、みたいな感じでした」

「福岡にいるあいだは、彼と連絡が取れていた？」

「ちゃんと返事が来てました。京都に帰る予定は伝えていて、その日を境に、既読の印すらつかなくなったんです」

最後に未久は、あの日以来欠かさず首から下げていた、クローバーのネックレスを巴瑠に渡した。スペルの誤りをじかに見てから、巴瑠は口を開くのをためらい、何度もそうしたあとで、とても言いにくそうに告げた。

「未久ちゃん。本当は、あなたも彼の本心に気がついているのでしょう。気休めを自分に言い聞かせたところで、苦しみが長引くだけだと思うの」

心が、深い穴にすとんと落ちてしまったみたいな感覚だった。未久は小さい子供がそうするように、いやいやと首を振った。

「本心なんて、そんなの知らない」

「聞いて、未久ちゃん。これ以上、目を逸《そ》らすのはやめよう」

再び肩に置かれた巴瑠の右手を、未久は身をよじって振り払う。

「嫌だ。そんなこと言わないで。巴瑠さん、何でそんな悲しいこと言うの」

本当は、未久だってわかっている。でも、いまは優しい言い方をされたら、その優しささえ拒んでしまう。

左手に持ったクローバーを、巴瑠は悲しげに見つめ、ぎゅっとにぎった。その一瞬で、彼女は容赦しないと決めたらしかった。

「彼はもう、未久ちゃんのことを好きじゃない」

深い穴の底に落ちた未久の心が、大きくて重たい何かにつぶされた。

「このネックレスは、彼からの別れの言葉――それがここに、はっきり刻まれているの」

7

「そんなはずない。巴瑠さん、彼の――拓也のこと何も知らないから、そんな風に言えるんだよ」

巴瑠が正しいと認めたくない一心で、未久は口を動かした。

「クローバーは、わたしと拓也の恋の証なの。拓也がまだ付き合い始める前に言ってた、四つ葉は四つんばいのことなんだって。そうして四つ葉のクローバーを探すみたいに、はいつくばって一所懸命探すのが、幸せというものなんだって。拓也のその感性が素敵だなって、そうやって地味なわたしを探し当ててくれたんだなって思ったから、わたしは拓也を好きになったの。拓也もそれを憶《おぼ》えてて、だからあの日のことをいつまでも忘れないという意味で、そのネックレスを……」

けれどそのエピソードを聞いても、巴瑠はますます悲しそうにするだけだった。

「未久ちゃん、ゴールデンウィークに彼と……拓也くんと会ったときのこと、前に話してくれたよね。彼のお友達に、『びっくり』って言われたんだっけ」

未久はうなずく。「わたしが地味で、拓也とは見るからに釣り合ってないから……」

「私には、違って聞こえたよ。お友達がびっくりしたのは、拓也くんに恋人がいることを知らなかったから、だったんじゃないのかな」

未久は言葉を失った。その場にいなかった巴瑠に、どうしてそんなことがわかるんだろう。

巴瑠の指摘は、ただの憶測ではなかった。

「そのあと拓也くんが、お友達に返した言葉を思い出してみて」

——おまえらこそ、びっくりだよ。

「仮に拓也くんと未久ちゃんが釣り合ってないことが《びっくり》だったのなら、それに対する拓也くんの発言は、まるで売られたケンカを買ったようだよ。実際には、そこまでぎすぎすした感じじゃなかったんでしょう」

うまく回らない頭で、未久は考える。釣り合ってなくてびっくり。おまえらこそ……いや、確かにそんな空気ではなかった。彼女がいたなんてびっくり。おまえらこそ、付き合ってたなんてびっくり——こっちのほうが、はるかにしっくりくる。

「男の子のほうが言ってた。自分たちは昨日の打ち上げで遊ぼうという話になっただけだ、って」

「拓也くんに付き合ってると思われたみたいだったから、釈明したんだね」

「それじゃあ……拓也、サークルの仲間にわたしのこと隠してたんだ」

ショックだった。どんな理由があったとしても、拓也が恋人の存在を隠していたという事実に、未久は傷つかずにいられなかった。

巴瑠が以前、拓也のサークル仲間の話に食いついてきた意味が、いまになってやっとわかった。こんなにも些細な手がかりをもとに、当時から巴瑠は、未久と拓也の関係にいびつなものを感じ取っていたのだ。

巴瑠の、残酷な指摘は続く。

「花火を観《み》るために、門司港ではなく下関へ行ったのも、それと同じじゃないかな」

門司港の会場には、拓也のかよう大学の学生が、たくさん来ている可能性があった。サークルの仲間に遭遇すれば、拓也に未久という恋人がいることが知れ渡ってしまう。電車を乗り換える手間や、県境を越えるかどうかという感覚的な面を考慮すれば、下関の会場へ行くほうが、そうなるリスクは確実に低かった——だから、拓也は下関へ行こうと言った。

「ちょっと待って。ゴールデンウィークの時点で、わたしのことは拓也のサークル仲間に知られていました。花火大会で友達と出くわすことに、抵抗があったというのはおかしい」

未久は、巴瑠の矛盾を突いたと思った。けれども巴瑠は、仕方なくといった様子でそれをいなした。

「もう別れたと嘘《うそ》をつくのは、簡単なことだよ」

遠距離恋愛だったから。拓也がサークルで何を言おうと、仲間に事実を確かめるすべはなかったから。

「でも……でも、わたしのことを隠してたからって、別れたがってるとは限らないでしょう。それとも拓也が、わたし以外の女と浮気をしてるって証拠でもあるの？」

わらにもすがるような未久の台詞《せりふ》を、巴瑠は肯定も否定もしなかった。

「未久ちゃんが、そこまで悲しい想像をする必要はないと思う。私にわかっているのは、彼のほうでは別れの意思が固いらしい、ということだけ」

そして、巴瑠は裏返した銀のクローバーを、未久の手のひらに載せた。

「四つ葉のクローバーはね、英語では《FOUR-LEAVED CLOVER》と呼ばれるの」

とっさにスペルが思い浮かばなかった未久に、巴瑠はカウンターから白い紙を持ってくると、そこにペンで書いて示してくれた。

「ネックレスに刻印された未久ちゃんの名前は、《MIK OAKA》となっている。下の名前に足りないのは《U》だよね。これを四つ葉、《FOUR-LEAVED》から除くと、《FOUR》は《FOR》になる」

巴瑠は紙に書いた《U》の文字の上に、斜線を引いた。

「同様に、苗字《みょうじ》に欠けていたのは《D》の文字」

《D》にも斜線を引いてしまうと、紙には《FOR-LEAVE》という文字列が残った。

「《LEAVE》という単語は動詞のほかに、名詞としても使われる。仕事などの《休暇》や、何かをするための《許可》……そして動詞と同じく、《別れ》という意味もあるの」

《FOR-LEAVE CLOVER》——別れのためのクローバー。

「そんなの……こじつけだよ」

未久はうめいた。だけど、本当に自分でもこじつけだと思っていたのか。

巴瑠が念を押した点は、ほかにもあった。たとえばプレゼントを渡す際、拓也が《いままで寂しい思いをさせて悪かった》と詫《わ》びたこと。わざわざそんなことを言うのは、寂しい思いを終わらせるつもりだという意味だろう。そのためには、密に連絡を取ったり会いにきたりするか——さもなくば、関係そのものを終わらせるしかない。

それから、京都に帰るまでは連絡が取り合えていたこと。福岡にいるあいだに別れ話が進んだら、未久は何としてでも拓也に会おうとしたはずだ。でも、いったん京都に戻ってしまえば、そう簡単には会えなくなる。拓也はそこまで計算して、未久が福岡を離れた瞬間に連絡を絶ったに違いなかった。

太陽が雲でかげるように、巴瑠の正しさを認めなければという思いが、認めたくない心を覆いつくしていく。いつの間にか落としていたネックレスを、巴瑠が身をかがめて拾い、つぶやいた。

「こじつけなら、よかったのにね」

「はっきりと、言葉にすることもなく……そんな、ちゃんと伝わるかどうかもわからないことで拓也は、別れたつもりになってるの」

信じがたい行為だと思う気持ちの裏で、しかし未久は、いかにも拓也のやりそうなことだとも感じていた。こんな暗号みたいな方法で、別れを告げようとするなんて。

巴瑠はたった一言で、拓也のことを切り捨てた。

「本当に、卑怯《ひきょう》な男」

けれどもそこに、ただ冷たいだけではないある種の温度が含まれているのを、未久は感じ取った。まるで、拓也みたいな人のことをよく知っていて、だからこそ怒らずにいられないというような。

しばらくのあいだ、未久は椅子の上で身動きひとつ取れずにいた。見えない茨《いばら》で全身をくるまれていて、少しでも動けば棘《とげ》に皮膚を裂かれてしまう。そんな心境だった。だけどそのうちに、いまさら皮膚を裂かれるのなんて怖くないな、と思い直した。

未久は椅子から立ち上がり、ふらふらとぷらんたんを出ていこうとした。

扉のノブに手をかけたところで、巴瑠が未久の腕をつかんで止める。

「どこへ行くの」

未久は扉から目を離さなかった。

「いますぐ福岡に帰ります……はっきり別れようと言わなかったってことは、拓也はきっと、いまも迷ってる。まだ、引き止められると思うから」

「やめよう。そんな悲しいことは」

「離して！」

未久は叫び、巴瑠を突き飛ばした。やぶれかぶれの弱々しい動作だったのに、それでもよろめいてしまうほど、巴瑠の体は軽かった。

「いま拓也に捨てられたら、わたしはどうすればいいの？　わたしには、拓也以外考えられないの」

わたしにとって、たったひとりの恋人。三年という時間をともに過ごして、いろいろな初めてを捧《ささ》げてきた人。拓也と同じ街に住むために京都の大学を受け、拓也に会うためにアルバイトをがんばって、サークルにだって入らなかった。大好きな人。わたしを見つけてくれた人。拓也、拓也、拓也――。

「これからこの街で、未久ちゃんの生活を立て直そうよ」

突き飛ばされたというのに、それでも巴瑠はもう一度、未久の腕にしがみついてきた。

「無理だよ。わたしなんて、地味で何のとりえもない人間だもの。友達を作るのだってとても苦手なのに、その機会すらほとんど失ってしまって……もう、いまさら引き返せない。わたしから拓也を取り上げたら、あとには何も残らないんだよ――」

「違う」

思いがけず強い声が返ってきて、未久はぶたれたみたいに固まった。

巴瑠は唇を震わせていた。未久の腕をつかむ手には、血が止まるほど強い力が込められていた。

「あなたは生きてる。痛みを感じる体が、別れを悲しむ心がここにある。何も残らないなんて、何も残せないなんてこと、絶対にない」

――未久ちゃんは、ちゃんと自分の人生を選んで歩いてる。

いつか巴瑠に言われたことが、頭の中によみがえった。

本当は、自覚していた。京都の大学に進んだのも、サークルに入らずバイトに明け暮れたのも、拓也の気持ちが冷めつつあるのに見ないふりをして付き合い続けたのも、すべては自分の意思であり、自分の判断だったことを。拓也の反応を勝手に、しかも都合よく解釈して、実はこっそり楽なほうへ楽なほうへと逃げてきたことを。

だって、そうすれば全部、拓也のせいにしてしまえるから。うまくいこうが失敗しようが、拓也の望むとおりにしただけだと言い訳できたから――だけど、最後はやっぱり、自分で責任を取らないといけないのだ。

半年前、二月の時点で、巴瑠はそのことを思い出させようとしてくれていた。自分で選んだ人生だから嫌でもがんばって、なんてありきたりなことを言おうとしていたのではなかった。あなたがいま、誰かと入れ替わるのではなく自分自身であることを選んだように、人まかせのつもりだから嫌になったとたやすく言ってしまえるような人生も、本当は自分で選んだものなんだよ――彼女はそう、末久に伝えようとしていたのだ。

逃げ続けたからいろんなものを、手に入れる前に失った。確かにネックレスなんかに別れを託す拓也のやり方は卑怯だけど、そんな状況になるまで何も変えようとせず、またいずれそうなる予感にも目をつぶってきた自分に、そのままの結果が返ってきただけだった。

《地味な自分》というレッテルを免罪符のように用い、何もかも人まかせにして、自分を甘やかしてきたのはほかでもない自分自身だった。そうして気がつけば、日常はほかの誰かが決めてくれたことで満たされ、自分という人間は空っぽになっていた。だから拓也がいなくなったら、自分には何も残らないと思った。

それでも巴瑠は、そんなことは絶対にないと言う。

拓也を失ったとき、わたしに何が残るだろう？　だめな自分を認めたら、その自分がここに残って、この街で生活を立て直すことができるのか。そしてわたしは、今度こそ自分の人生を、歩み始めることができるのだろうか。

——視界が、すとんと低くなる。

気がつくと、未久は扉の前にくずおれ、声を上げて泣いていた。誰かが見つけてくれた、足元に生えていたはずのクローバーは、もうここにない。——歩むしかない、いつか自分で見つけるためには。

巴瑠がお店の外に出て、看板をＣＬＯＳＥＤに裏返してくれた。

8

居心地のいい場所を、自分だけの宝物のように秘めるのはやめにした。

拓也との別れを受け入れた日から一ヶ月、日曜日のこと。未久は、ぷらんたんの建物の前にいた。隣には巴瑠の恋人、桜田一誠がいる。彼のかけた眼鏡の黒縁のフレームが、秋の澄んだ陽射《ひざ》しを反射していた。

扉のガラス越しに見える店内には、真剣にアクセサリーを選んでいる様子の美貴と、一緒に商品を見つくろう巴瑠の姿がある。四人もいると店の中がせまくなるから——と、一誠が未久を外へ連れ出した。それは事実でもあり、口実でもある。明らかに、一誠は未久と何かを話したがっているようだったので、未久は彼の意向を汲《く》んだのだった。

「きみに、謝らなきゃいけないことがあって」

そんなところから、一誠は話を切り出した。

「未久ちゃんのこと、巴瑠から聞いた。付き合ってた彼のこととか、その……ネックレスのこととか」

かまいません、と未久は応じる。もう、過ぎたことだった。

「きみがここへ来た日の晩、巴瑠から突然、連絡があったんだ。今夜どうしても会いたい、と。そんなわがままを言う人じゃないから、どうしたのかと心配になってね。話を聞いたら、巴瑠は未久ちゃんに対する態度や発言について、あれでよかったのかと思い悩んでいるようだった」

「そんな。わたし、巴瑠さんに救ってもらったんですよ」

「そうだろうと、僕も言ったよ。でも、それですんなりうなずける彼女じゃないんだ。人の痛みに敏感で、精いっぱい相手のことを考えて、自分を納得させてからでないと行動しないくらい思慮深い。なのに行動したあとでも、やっぱり本当に正しかったのかと悩んでしまう——巴瑠は、そういう人なんだよ」

何か、面倒くさそうだよね。一誠は愛情を込めて茶化し、笑った。

自分に自信がない未久のことを、存在そのものを、巴瑠は力強く肯定してくれた。人を愛し、また何よりも自分を愛しているからこそ、できたことだと思っていた。だけど、本当は巴瑠にも自信なんかなくて、それでも懸命につむいだ言葉を、未久に渡してくれていたのかもしれない。

「クローバーのネックレスは、処分したのかな」

一誠の問いに、未久はかぶりを振った。

「まだ持ってます。四つ葉のクローバーは、幸せの象徴でしょう。何となく、捨てづらくて。……さすがに、つけはしないけど」

隣を見ると、一誠は眼鏡の奥から、まっすぐな眼差《まなざ》しを未久に向けていた。

「四つ葉は四つんばい、幸せはいつくばって探すもの——そう、彼は言ったんだってね」

巴瑠さんたら、そんなことまで。未久は頰が熱くなる。

「巴瑠さん、何か言ってましたか」

「『どう思う』って訊いてきたから、『きみはどう思うんだ』って訊き返したんだ」

「そしたら？」

——私、幸せってそんな風に必死で探すものじゃないと思うの。

と、巴瑠は答えたそうだ。

「たとえば歩き疲れてへたり込んだり、もしくは単に日なたぼっこがしたくて座ったり、そんなとき何気なく地面に目をやると、四つ葉のクローバーを見つけることがある。幸せも、そういうものなんじゃないかって言ってたよ」

思いがけない瞬間に見つかるから、四つ葉のクローバーは幸せを運んでくれる。必死で探して、何十本もかき集めたところで、その人は幸せになんてなれないんじゃないか。

一誠は、巴瑠の考えに賛同した。

「彼女もきっと、自分の幸せというものについて考えている最中なんだよ。まだ、いろいろ悩んでるんだ。だからこそ、きみの幸せのことも考えないではいられなかったんだと思う。きみが生きて、この世に何か残せることを、無条件に尊いと信じられる人だから」

並んで立つ二人の背後を、一台の原付バイクが通り過ぎていく。未久は自分のはいている、スニーカーの爪先《つまさき》を見た。

「わたし、あのまま彼と付き合い続けて、結婚することばかり考えながら生きてきました。それ以外の幸せなんて、自分じゃ探そうともしませんでした」

若いときの恋愛とはそういうものだろう、と一誠は大人らしくふるまう。

「そんなわたしでもこの先、幸せになれると思いますか。ほかの人たちが、どこかで四つ葉のクローバーが見つかると信じてひたむきに生きてきた時間の多くを、無為に過ごしてきたわたしでも、いつかは幸せになれますか」

「──なれるよ」一誠は、即答してくれた。「なれるに決まってる」

未久は顔を上げた。消えたクローバーを惜しんで足元ばかりながめているより、前を向いて歩くことで新しいクローバーを見つけたい、と思った。

「いまの話、くれぐれも巴瑠には内緒だよ」

一誠は口の前に人差し指を立てる。その仕草が、どことなくそそっかしい。聞いてしまってよかったのだろうか、と不安になる。

「さ、きみのその硬い表情がほぐれたら、戻ろうか」

未久は苦笑する。と、そのとき通りの角を曲がって現れた人物が、一誠の姿を認めて手を挙げた。

「よお。やっぱりここにいたか」

一誠と同じくらいの歳《とし》の男性だ。二人は友達らしく、親しげに言葉を交わしている。

「近くを通りかかったから、寄ってみたんだ」

「急に来るからびっくりしたよ」

「女子大生、口説いてるのか？　あんまり巴瑠ちゃん泣かすような真似《まね》するなよ」

「バカ、この子はそんなのじゃない……」

楽しそうな二人のやりとりを背に聞きつつ、未久はぷらんたんの店内に戻った。

「あ、ねえねえ未久、これどう？　巴瑠さんが、似合ってるって」

美貴はブレスレットを選んでいたようで、手首を軽く振って見せてくる。ピンクのコットンパールが並んだ、かわいらしい品だ。いいと思う、と率直な印象を伝えた。

美貴がお会計するのを待つ。笑顔の巴瑠に手を振って、お店を出た。

「素敵なお店だね。大学から近いのに、全然知らなかったよ。教えてくれてありがと」

つけたままのブレスレットをながめながら、美貴は満足そうにしている。

「友達甲斐がない、なんて言われちゃったからね。たまには甲斐のあるところを見せないと」

「うんうん。いい心がけだ」

足取りが軽い。いままならずっと言えずにいたことも、さらりと言ってしまえる気がした。

「ねえ、美貴。温泉旅行、いつにしよっか」

ほんの一瞬、美貴はふいをつかれたような表情を浮かべ――そのあとで、うれしそうに笑った。

「いつがいいかな。今日は夜まで空いてるし、計画立てようよ」

「そうしよう！　あとね、よかったら美貴も、好きな洋服のお店とか教えてくれないかな。もっと、かわいい服が欲しいんだよね」

すると美貴が未久の前に回り込み、後ろ歩きをしながら目を合わせてきた。

「未久、何だか明るくなった」

「そうかな」照れくさくて、冗談めかす。「ま、彼と別れてお金の使い道もなくなったしさ。これまで節約してたぶん、ぱーっと使っちゃいたいんだよね」

「お、未久さん景気がいいですね。それじゃ、今夜は未久のおごりかな」

「えー！　それはなしだよー」

抗議すると、美貴は言ったもん勝ちとばかりに、朗らかに笑いながら逃げていく。

追いかけて頬に風を感じる、たったそれだけのことが、たまらなく楽しかった。

大好きな友達が、こんなにもわたしを好きでいてくれる。いきなりは無理かもしれないけど、いつかわたしも、わたしのことを好きになりたい。そう、心から思えた。

点滅する信号の手前で立ち止まる。すでに横断歩道を渡りきった美貴が、こちらに向かって《おおい》と手を振る。

振り返す右の手首で、赤いブレスレットが揺れる。

レジンの空

1

桜田一誠が怒ったところを、見たことがない。

「いや——一度だけ、あるな」

名倉友則《なぐらとものり》が言うと、北川巴瑠は織物のクロスが引かれたテーブルの上に身を乗り出した。

「教えて。ぜひとも教えて」

目を輝かせる彼女の隣で、桜田一誠は苦笑している。

京都市東山区、四条通を中心に、東西を八坂神社と鴨川《かもがわ》にはさまれた一帯が、府下有数の歓楽街及び花街《はなまち》として知られる祇園《ぎおん》だ。友則たちのいるロシア料理のレストランはその西側、四条通から路地を入ったところにあった。

異国の家庭をのぞき見たことはない友則でも、《家庭的》と表したくなる内装だった。背面の壁際《かべぎわ》には、多数のマトリョーシカがずらりと並んでいる。席どうしの間隔を広く取ってあり、静かで落ち着いたこんなお店に、友則は普段ならまず来ない。正直に言えば、少し居心地が悪かった。

十月の日曜日、友則は友人の一誠に会えるかと思い、彼の恋人の巴瑠が経営するハンドメイドアクセサリーショップ、ぷらんたんに立ち寄った。果たして一誠はそこにおり、しばらく話し込むうちに《夕食でも》という運びになった。彼らが恋人どうしで過ごす時間を邪魔することにはなるけれど、こういったケースは初めてではない。一誠はもちろん巴瑠に対しても、いまさら遠慮するような間柄ではなかった。

このレストランは巴瑠のチョイスである。彼女は人の大きな声がとりわけ苦手で、酔った客が騒ぐような店ではゆったり食事ができないのだそうだ。むしろそうした居酒屋なんかのほうになじみがある友則は、ジョージア産だというボトルワインの残量が少なくなるにつれて、自分の話し声がこの店の空気を壊していないかどうか、しばしば冷静になる必要があった。

「巴瑠ちゃん、一誠が怒った話なんて聞いてどうするんだよ」

友則は笑いながらいなし、切り分けたゴルブッツィ——ウクライナ風のロールキャベツだそうだ——を食べる。巴瑠はわかりやすくむくれた。

「だって、この人ったら私の前で、本気で怒ったことが一回もないんだもの。私は一誠に対して怒ることもよくあるのに……これじゃあまるで、私が怒りっぽいみたい」

穏やかで人当たりはよいが、実は非常に理知的。小柄な体に強い負けん気を秘め、それでいて周囲に愛される人――一誠に初めて紹介されたときから、巴瑠の人物像についての見立てはあまり変わっていない。

「この前も、私の作りかけのアクセサリーを一誠が勝手にいじっちゃって。おかげで固まる前の樹脂の形が崩れちゃったから、《何するの！》って」

「はは。そりゃ、怒って当然だ」

「だからちゃんと謝ったじゃないか」

一誠はばつが悪そうに、眼鏡の下に指を入れて目尻《めじり》をかく。彼には昔から、悪気はないがそそっかしいところがあった。

「でもね、私だってときどきは失敗するんだよ。一誠が読みさしにしていた本に、コーヒーをこぼして読めなくしてしまったこともあったし……それでも、一誠は怒らなかった」

「本をだめにされたくらいで怒りはしないさ。それに、きみが新しい本を買ってくれた」

「だけど一誠、万事においてその調子じゃない。心が広いというか、器が大きいというか……だから私、一誠に対して怒ったあとで、いつも自己嫌悪《けんお》に陥っちゃう」

見た目の若い巴瑠がすねると、子供のようだ。かわいそうになったので、少しだけ教えてあげることにした。

「テニスサークルにいたころ、ろくでもない先輩がいてさ」

「テニスサークル？」巴瑠は目を丸くする。「二人、大学の学部で出会ったのよね」

「何だ、その話もしていないのか」

一誠に顔を向けると、彼はさっきと同じような苦笑を浮かべる。

「あんまりいい思い出じゃないから」

空になったボトルを見て、一誠が店員を呼び止める。気詰まりな話題から、逃げ出すような仕草だった。

一誠とは京都市内の大学に入学したてのころ、語学のクラスで知り合った。生真面目《きまじめ》な一誠と、お調子者なところのある友則は、互いにないものを補い合う形ですぐさま打ち解けた。

「新歓の時期に、二人でテニスサークルに入ったんだ。一誠は高校のころからテニスをやっていたし、俺はまあ、女の子が多くて楽しそうだと思ったから」

こめかみをかく。巴瑠は口元に手を当て、くすりとしている。

「あとから知ったんだが、そのサークルには《セレクション》なんていう慣習があった。希望者が誰でもサークルに入れるわけじゃなくて、さまざまな基準で新入生をふるいにかけるんだ。セレクションに受かるには主に三パターンあって、テニスがうまいか、容姿がいいか、サークルを盛り上げられるか。どれかひとつでも優れていれば、サークルに入れる」

「何それ……そんなのがあるの」

巴瑠はピロシキをちぎっていた手を止め、眉間《みけん》にしわを寄せていた。

一誠から聞く限りでは、潔癖なところのある彼女だ。不快感をもよおしたのも無理はない。当時、サークルに所属していた友則でさえ、知ったときには反発を覚えたものだ——しかし同時に、自分は受け入れられたのだという満足を得たことも認めなくてはならなかった。

「一誠はテニスがうまかったし、俺は盛り上げ役になれるってことで、二人とも受かったんだな。セレクションはともかく、決して空気の悪いサークルじゃなかった」

「僕は、合わないなと思うこともあったけどね。《せっかく入れてやったんだからやめないよな》っていう、無言の圧力みたいなものを感じて、やめるにやめられなかった」

恋人の前だからか、今日の一誠はいやに言い訳がましい。あるいはこれこそが、いままで友則に気を遣って言わずにおいた本音なのかもしれないが。

店員が新しいボトルをテーブルに運び、グラスに赤ワインが注がれる。明日は仕事なのでこのボトルで最後にしようと思いつつ、友則は話を続ける。

「そのサークルに、いけすかない先輩がいたんだよ。俺たちよりふたつ、学年が上でさ」

「男の先輩？」と巴瑠。

「そう。飲み会になるとよく、俺ら男の後輩を目の前に並べてさ。えらそうに煙草《たばこ》吸いながら、『おいおまえら――』」

耳障《みみざわ》りな、高めの声を真似《まね》てみせる。一誠が、似てる似てる、とはやした。

「『いいか。抱いた女は忘れても、抱いた女に忘れられるような男にはなるなよ』」

「よく憶《おぼ》えてるなあ。確かに言ってたよ、そんなこと」

「格言とでも思ってるのかしら」

巴瑠はもはや嫌悪感を隠そうともしない。ゴルブッツィにフォークを突き刺す動作にも、軽蔑《けいべつ》が込められている気がした。

「訓示めいたことを言いたがる人だったんだよ。そうやって、崇《あが》め奉《たてまつ》られたかったたんだろうね」

一誠の評価に、友則も異論はない。

「あんまり癪《しゃく》だったからさ。俺、痛いところを突いてやろうと思って、感心してるふりして『先輩はどうしてるんですか』って訊《き》いたんだよ。ところが、これが逆効果。待ってました——とばかりに、答えが返ってきた」

「何て？」

「『印をつけるのよ』、だとさ」

「マーキングってこと？　考えることが、犬や猫並みね」

「どころか、ずっとひどいさ。《畜生以下》ってのは、まさしくああいうのを指すんじゃないかな」

とにかくろくでもない人だったよ、と友則は吐き捨てた。

「じゃあ、その先輩に対して、一誠は怒ったのね」

巴瑠はいつになく前のめりに問う。元々、お酒には強くなかったはずだ。控えめに飲んでいても、今夜は酔いが回ったのかもしれない。

「ま、そういうことだ。こいつがひどいこと言われて、な。それが元で、一誠も俺も一年でサークルをやめたってわけ」

「一誠を怒らせるなんて、よっぽど問題のある人だったのね……その先輩、いまは何してるの？」

「さあ。ずいぶん前に、関東の企業に就職したとかいう噂《うわさ》を聞いたきりだな」

「まあまあ、あの人の話はもういいじゃないか」

一誠が、ろくに減っていない友則のグラスにワインを注ぎ足した。

「それより友則、新しい彼女とはどうなんだよ」

「何だ、だしぬけだな」

「だって、抱いた女がどうのとか、そんな話をするから……」

「まあ。そんなところから連想したの」

巴瑠が目を細める。また怒り出しかねない様子で、それが友則にはおかしい。一誠が慌《あわ》てて取りつくろった。

「ちょっと前に、大学時代の友達の紹介で知り合った子と付き合い始めたって話を聞いたばかりなんだよ」

その時点でまだ《抱い》てなかったことも、一誠には打ち明けてあったのだ。

「彼女が嫌がるからって、煙草もやめたんだろう。友則がそこまで入れ込むなんて、いい傾向じゃないか。どうなんだ、うまくいってるのかい」

「うまくいってる……と思う」

歯切れの悪い答えを、一誠は聞き流さなかった。

「含みがあるね。ケンカでもした？」

「そうじゃないんだ。いずれにせよ、こんな店でする話じゃない」

すると、巴瑠がまばたきをして訊《たず》ねる。

「それはつまり、《抱いた》話ってこと？」

やはり、この人には鋭いところがある。友則は心持ち声をひそめて言った。

「その逆、と言えばいいのかな。出会って半年、付き合い始めてからは三ヶ月くらいになるけど、いまでもそっちの関係がない。拒まれてるんだ」

反応を保留したような間が、二人からは返ってきた。

「相手の年齢は？」巴瑠が問う。

「むっつ下、二十六歳だ。若いといえば若いけど、人並みに恋愛をしてきたのだろうな、という印象はある」

経験がまったくないわけではなさそうだ——ということを伝えるのに、言葉を選んだ。二人はそれで理解したようだ。

「だけど、女性の恋愛経験は、わからないものだよ。豊富なのを隠すのがうまい子もいれば、反対に経験のなさを感じさせない子もいる」

巴瑠は冷静に、女性としての意見を述べる。友則はうん、と喉《のど》を鳴らした。

「過去に付き合った人の話をしたことがあるんだ。結婚を考えた相手もいたと聞く。だからって、決めつけることはできないけど」

「信条や宗教上などの理由で、婚前交渉できないというのは？　あるいは過去に何か、トラウマになるような出来事があったとか」

「そういうことなら、話せる範囲でかまわないから教えてほしい。きみを苦しめたくはないから——とは伝えた。彼女はきっぱり否定していたよ」

考え込む巴瑠の隣で、一誠がこともなげに言った。

「三ヶ月くらい、普通じゃないか？　そもそも、そういうのは時間の問題じゃないと思うんだけど」

友則は気にも留めなかったが、巴瑠が一誠の太ももをはたいた。

「失礼だよ。人の愛情を量ったり、疑ったりするのは」

「あ、そうか。ごめん」

「いや、いいんだ。一誠の言うことも一理ある」

友則は、笑って手を振った。

「たかだか三ヶ月くらいで、という思いはあるさ。彼女が受け入れてくれないのであれば、それは俺の問題なんだろう、とも。だけど、理性でそう考えるのとは別に、感情とか本能の部分で相手を求めてしまうのは自然なことじゃないか」

一誠は答えるのをためらったが、巴瑠は深くうなずいた。

「とても自然なことだと思います」

そのまっすぐな眼差《まなざ》しに、救われるようでもあり試されているようでもあり、友則は思わず手元のワイングラスに逃げた。

一誠が無精子症を抱え、子供を作るのが難しそうだということを、友則は学生のころに打ち明けられていた。そのことで一誠がひどく悩み、恋愛にも長らく消極的であったのを、親友として近くで見てきた。

その一誠に恋人ができたというので、友則は驚いて根掘り葉掘り事情を訊ね、原因までは語らないものの、巴瑠もまた子供を授かりにくい体質であることを、当人の了承を得たうえで聞かされていた。したがって二人と自分とのあいだで、男女のセックスに対する価値観がまったく同じではないのだろう、とは思う。だからその話題に触れることは、たとえ相手が親友であっても緊張した。

もっとも二人のほうにも、そのような屈託があるのかはわからない。一誠が訊いた。

「彼女には、何と言って断られるの」

「もうちょっと待ってほしい、だな」

だが、その時期を明示されたわけではない。もうちょっと、もうちょっと。付き合って三ヶ月が過ぎるまで、そう言われ続けてきた。

「彼女の言うとおり、もうちょっと待ってみようとは思ってる。——だけど、それも永久にじゃない。いまの状態がこの先も続くようなら、そう遠くないうちに、付き合いを考え直さなきゃいけない日が来る」

「セックスできないから別れよう、って言うのか？　それ、ちょっと薄情じゃないか。体目当てだったとか、そんな風に思われても仕方ないと思うけど」

ふられることになる彼女の気持ちを真っ先におもんぱかるのが、一誠らしい。彼のいいところだな——と思っていたら、意外にも巴瑠は呆《あき》れたそぶりを見せた。

「体目当てだなんて、言葉を知らない高校生じゃあるまいし。他人どうしがお付き合いするのだから、価値観をすり合わせる必要はどうしたって生まれるでしょう。そこがうまくいかなければ、別れを選ぶのはやむなしだよ」

「つまり、このまま友則が相手を捨てたとしても、それは正当な理由によるものだと？」

「当然でしょう。性交渉の正当な理由なき拒絶は、離婚事由としても認められうるんだよ。できない理由があるのなら、納得してもらえるように説明すべきよ」

ワインを飲みながら、友則は二人の議論を新鮮な気持ちで聞いていた。なるほど一誠の言葉は、正義じみてはいるが青い。が、では巴瑠が正しいように感じるかというと、そうでもない。現実に即しようとするあまり、合理的かつ機械的になりすぎているきらいがある。恋愛は、契約じゃない。もっと感情が優先されてもいいはずだ。

二人は普段からこうして、はばからず互いの考えを述べ合うのだろうか。そうやってわかり合ってきたのかな、と思う。

一誠は少し困ったように、それでも反論した。

「行為だけに限って言えば、きみの言うとおりかもしれない。だけど、こと女性においては、その先の可能性を考えないと……予期せぬ妊娠につながった場合、心身の負担は男性の比じゃないはずだ。男性と対等な条件では語れないよ」

ためらう気持ちもわかる——そう、一誠が擁護したところで、巴瑠が自身の両脚を叩《たた》き、背筋を伸ばした。

「じゃあ、私みたいな女はためらいがないとでも？」

紅潮しているのは、酔いのためだけではあるまい。彼女は怒っているのだ。

無理もない、と友則は、当事者なのに蚊帳《かや》の外で思う。一誠の主張が間違いだとは言わないが、やはり人の生きる地平からちょっと浮いている。正しく避妊する前提なら、女性だって行為のたびに、妊娠の可能性を考慮するわけではないだろう。自説の補強のため、わずかに現実から足を浮かせてしまったばっかりに、彼は巴瑠の心を蹴《け》ったのだ。

もちろん、それが理解できないほど一誠も馬鹿《ばか》じゃない。

「ごめん。いまのは考えが足りなかった」

すぐに詫《わ》びたが、巴瑠は収まらなかった。

「私だって、ほかの女性と完全に同じ立場だとは思ってないよ。だけど、ひとりの人に体を許すかどうかを考えるとき、そこにあるのは妊娠してもいいと思えるほどの覚悟じゃなくて、やっぱり自分と相手との、一対一の関係でしょう。そこに私とほかの女性との差はないと思うし、そう信じたい。愛情表現だと受け止めている行為さえ、体のせいで違ってしまうのだとしたら、そんなの悲しすぎるもの」

まくし立てたあとで彼女は、口が利《き》けずにいる一誠と友則とを見比べる。そして、両手を頬に当てた。

「……やだ。私、また怒っちゃった」

店員が、伝票をテーブルに持ってきた。そろそろ閉店とのことだ。

レストランを出る。時刻は二十二時。祇園の街は、この時間でも華やいで見えた。

「プレゼントでもしてみようかな」

友則が何の気なしに言い、巴瑠がそれに反応した。

「彼女、誕生日が近いの？」

「そういうわけじゃないんだけどさ。俺ももっと好かれる努力をしようかな、と思って」

すると巴瑠は街灯の下で立ち止まり、バッグの中をがさごそとやり出した。

「こんなのは、どうかな」

渡されたのは、銀色のバングルだった。中央に、半球型の透明の樹脂がはめこまれている。

のぞき込むと、底の淡青色が広がった。樹脂のところどころには、ふわふわした綿のようなものが閉じ込められている。それが空と雲を模したものであることは、友則にもわかった。

「レジンっていう樹脂を使った、新作アクセサリーなの。女の人の心は、空模様みたいに変わりやすいものだから。上手に雲を晴らしてあげてください」

現実的な女性だと思っていたが、ロマンチックな一面も併せ持つようだ。

「お代、払うよ」

「いいよ、試作品だから。値段もまだ決めてないし」

三辞三譲《さんじさんじょう》で、最終的に友則はそれを鞄《かばん》に収めた。

「ありがとう。彼女もきっと喜ぶよ」

「どういたしまして。――さっき、一誠が作りかけのアクセサリーをいじった話をしたでしょう？　実は、それを作ってたときのことだったの。もちろん、渡したのとは別のものだけど」

「はは、そうだったんだ――一誠？」

気がつくと、隣にいたはずの一誠の姿が見えない。

振り返る。十メートルほど後方で、一誠は路地に目を向けていた。

声をかけようとして、ためらった。その横顔が、青ざめて見えたからだ。

「一誠。どうかしたの」

巴瑠に名を呼ばれ、ようやく彼は金縛りが解けたようになり、こちらへ駆けてきた。

「ごめん。何でもないんだ」

と言われても、そうは思えない。友則は、巴瑠と目配せを交わす。

「ことわざ――」

突然、一誠が発した言葉を、友則は訊き返した。

「何だって？」

独り言だったのかもしれない。口にした一誠のほうが、びっくりしたような表情を浮かべていた。

「いや。ことわざってけっこう当たるよな、と思ってさ」

心ここにあらず、といった様子である。と思いきや、

「女心と秋の空、ね。確かによく当たる」

と、巴瑠が続いた。言われてみれば、先ほどの話とつながっている。

「何だ、ちゃんと話を聞いていたのか」

「まあね。秋は、いろいろなことわざがあるね」

「私はいま、天高く馬肥ゆる秋って感じかな――お腹いっぱい」

へそのあたりをさする巴瑠を見て、一誠が笑う。

「あのことわざは、そういう意味じゃないだろう。きみのはどちらかというと、食欲の秋だよ」

「食欲の秋ってそれ、ことわざとは言わない」

一誠と巴瑠が笑い合っているうちに、駅に着いた。友則とは路線が違うので、ここでさよならということになる。

「じゃあお二人、お気をつけて」

「友則さんもね。今夜はありがとう」

手を振って駅の階段を、じゃれながら下りていく二人の背中を見送る。二人の仲睦《なかむつ》まじさを、素直にうらやましいと思った。

レストランでは険悪になりかけたのに、もう楽しそうにしている。二人の仲睦まじさを、素直にうらやましいと思った。

人通りの多い四条通を歩き出す。秋の夜風が、この日はことさらに冷たく感じられた。

2

「……おじゃまします」

小さな声で言い、靴を脱ぐ。佐山唯美《さやまゆいみ》は、恥じらうように微笑《ほほえ》んだ。

「どうぞ。ちょっと、散らかってるけど」

一誠たちと食事をともにした夜から、ちょうど二週間が過ぎていた。日曜日の夜、友則は付き合って四ヶ月になる恋人の唯美の部屋に、初めて足を踏み入れていた。

もう少し若いころには、デートの行き先で悩むことなどなかった。街中をぶらりと歩いているだけで、いろいろなことに興味が湧《わ》いて、一日があっという間に過ぎたものだ。

それがいまでは、何かしら目的がないと相手をうまく誘えなくなった。学生のときは、休みの日には恋人と会うのが当たり前、みたいな感覚があった。でも、働き始めてからはそうじゃない。お互い独立した生活がある中で、時間を作って会うのだという思いが、ただ会うだけでなく意義を求めるように——というより、意義を用意するのが礼儀だと感じるようになってしまった。

そんなしゃちほこばった考えだから、三十歳を過ぎても結婚に至っていないのかもしれない、という反省はある。しかし、だからといって心の持ちようはそう簡単に変わらない。この日も友則は、せっかく秋も深まってきたのだからと、紅葉を見に嵐山《あらしやま》へ唯美を誘っていた。

学生時代から京都に住んでいる二人だ。秋の嵐山なら、過去にも何度か訪れている。でも、二人で行くのは初めてだ。嵯峨野《さがの》トロッコ列車に揺られながら保津川を見下ろし、手をつないで渡月橋を渡り、ボートに乗って色づいた山々のあいだを進むころには、今日がこれまでのどの瞬間にも似ない、すばらしい一日になっていることが確信できた。

そうして夕方には京都市街地へ戻り、軽くお酒を飲みながら夕食をとった。その際に友則は、巴瑠からもらったバングルを唯美に渡した。唯美はことのほか喜び、左の手首にはめてうっとりとながめた。いままでになく、いい雰囲気だった——そこで、友則は思いきって言ったのだ。これからきみの家に行ってもいいか、と。

唯美がひとり暮らしをする自宅までは近く、電車で十分少々だった。彼女はつかの間、葛藤《かっとう》したようだったが、やがて友則に上目を向け、こくんとうなずいた。喜びと同じくらいには、安堵《あんど》する気持ちもあったのに、彼はしばし動悸《どうき》を抑えることができなかった。

——そして友則は唯美に連れられ、彼女の自宅へとやってきたのだ。

間取りは広めのワンルーム。散らかっていると彼女は言ったが、小ざっぱりとして居心地のよさそうな部屋だった。いつもこのようなら、かなりのきれい好きだろう。もっとも、友則自身はデートの日になると、念のため部屋を片づけておく習慣がある。唯美もそうなのだとしたら、それはそれでうれしい気もした。

小さな円卓のそばの、ふわふわした黄緑のクッションに腰を下ろす。唯美はキッチンのほうへ向かい、冷蔵庫を開けたままで訊いた。

「友くん、飲み物いる？　こんなものしかないけど」

取り出した瓶の底に、柑橘《かんきつ》類のスライスが沈んでいるのが見えた。

「それは？」

「自家製のレモンシロップ。ソーダやお湯で割って飲むんだ」

これまで知らなかった彼女の家庭的な一面に感心し、ありがたくいただくことにした。そういえば、彼女は夕食の席でも生のレモンを絞って作るサワーを飲んでいた。ほかにもゆずやグレープフルーツなど、柑橘系の飲み物を好む印象がある。

レモンシロップのソーダ割りは美味だった。円卓を囲んで話すうちに、二人の心身の距離は自然と縮まった。具体的な言葉で切り出すより先に、唯美のほうから次の行動を示した。

「シャワー、浴びてきてもいい？」

彼女の目から自分は歳上《としうえ》らしく、冷静さを保っているように見えただろうか。いいよ、と返事する声さえ、上ずってしまった気がしてならなかった。

唯美が視界から消えると、かえってその容姿が強く意識される。肩の下まで伸びた、ダークブラウンの髪。細く、しかし目尻までしっかりと引かれたアイライン。笑うと持ち上がるよりは真横に広がる、薄い唇。

今風の子、という言葉でくくってしまえるくらいに、目立った特徴のない女性だとは思う。けれどもそんな唯美が、やはり友則は好きなのだった。

そわそわと十五分ほど過ごしたところで、唯美が浴室から出てきた。ルームウェアに身を包み、濡《ぬ》れた髪にタオルを巻いている。「友くんも浴びたら」と勧められ、素直にしたがうことにした。脱衣所に入り、服を脱ぐ前にトイレに行っておこうと思い、浴室とは反対のドアを開ける。

その数分後、ちょうどトイレから出たときのことだ。聞き慣れた着信音がした。誰かが自分に電話をかけてきたようだ。友則は携帯電話を、唯美のいる部屋に置いていた。

無視しようかとも思った。しかし時間が時間だけに、緊急の用件だったら、という不安が頭をよぎる。

結局、友則は脱衣所を出て部屋へ戻った。照明が落とされ、薄暗くなっている。友則の姿を見た唯美が、慌てて何かを本棚に隠そうとした。が、その弾みで本棚に収めてあった、雑誌や小物などが床に散乱してしまった。

「うわ、大丈夫？」

「ごめん、もうシャワー浴びてると思ってたから、びっくりしちゃって。気にしないで」

唯美は背中を丸め、落としたものを拾い集めている。

電話は大した用事ではなく、ものの一分で切ってしまった。唯美の挙動を不審に思いつつ、友則は片づけを手伝う。彼女が隠そうとしたのは、化粧ポーチであったことがわかった。いまもすっぴんに見えるけれど、薄暗いので断定はできない。女心なのだろうと思えば、そのことに触れないでおくくらいの分別はあった。

最後の雑誌を拾ったとき、友則は本棚と机の隙間《すきま》に、折りたたまれた白い紙が落ちているのを見つけた。薄くほこりを被《かぶ》っていたので、たったいま落としたという感じではない。きっと、何かの拍子で入り込んでしまったことに気づかず、時間が経《た》ったのだろう。

何気なく手に取り、紙を開く。

衝撃は、少し遅れて脳に届いた。

紙に印刷されていたのはテレビ画面の、キャプチャーと呼べばいいのだろうか。猛暑を伝えるニュース映像で、海水浴場が映し出されている。手前に大きく、波打ち際ではしゃぐ子供。そしてその奥に、カメラに背を向けてぴったり身を寄せ合うカップルがいた。

後ろ姿でも、意外と判別できるものだ――女性のほうは、明らかに唯美だった。

「あっ――」

友則が手にしているものを見て、唯美が強引に取り上げる。だが、手遅れだった。

「何だよ、それ」

そうしたくもないのに、薄ら笑いを浮かべてしまう。唯美は目を泳がせた。

「これは去年、海水浴に行ったときの映像。テレビカメラが撮影に来てたから、番組名で調べてみたら、この画像がネットにアップされてるのを見つけたの。記念にと思って、プリントアウトした」

とっくに捨てたと思ってたのに。そう言って、唯美は唇を噛《か》む。

過去の男のことなんて、できれば直視したくないものではある。けれども唯美の言葉を信じるならば、一年前に海水浴に行こうが、そのときの映像を形に残そうが、それ自体は何ら問題のない行為だ。友則だって、探られればかつて交際した女性の写真の一枚や二枚、出てくるだろう。未練や執着がないからこそ、わざわざ処分もしていない。

わだかまりは、それとは別にある。

「海水浴は、好きじゃないって言わなかったか」

その一言で、唯美は黙りこくってしまった。

三ヶ月ほど前、まだ付き合って日が浅かったころのことだ。夏の盛りに、友則は唯美を海水浴に誘った。ところが彼女は、海水浴は好きじゃないからとそれを断り、代わりに大阪にある、屋内型のプール施設へ遊びにいくことを提案してきた。

プールなんて子供じみている、とは思ったものの、彼女の機嫌を取るためなら何でも言うことを聞いてあげたい時期だった。施設は充実していて想像以上に楽しめ、夏を象徴するよき思い出として脳裡《のうり》に焼きついている。

そのときに、友則は唯美の水着姿を見ていた。それで、さっきの紙に印刷された映像でも唯美だとわかった。プールに行った日と、同じ水着を着ていたからだ。

「どうして、海水浴は嫌いだなんて言ったんだ」

重ねて問う。なおも、唯美は口を開かない。

日焼けしたくないなどの理由も考えられるから、女性の唯美が海水浴を嫌がったことについては、特に疑問を抱かなかった。いまだって、もっともらしい答えが返ってくれば、完全には納得できなくとも話を切り上げるくらいのことはしただろう。

だが、唯美は痛恨といった表情を浮かべ、発すべき言葉を探しあぐねているようだった。どう見ても、まずいことが露見した人の態度で、友則はますます不信感を強めた。

だから、深い考えもなしに次のような台詞《せりふ》が口をついて出たのも、ある意味では仕方のないことだった。

「……本当に、去年の映像なのか」

唯美が、はっと顔を上げた。

「疑ってるの」

自分でも、よくわからなかった。俺は唯美を、疑っているのだろうか。

たとえばこの映像が、今年のものだとしたらどうだろう。唯美は友則とは別の男と、海水浴に行く約束をしていた。それは友則と会う日よりもあとのことだった。先に友則と海水浴に行けば、どんなに気をつけていても日焼けの跡が体に残るだろう。それを男に見られたら、二股《ふたまた》交際を見抜かれるおそれがある。そこで彼女は、友則とは日焼けする心配のない屋内施設へ行くことにした——。

いったん筋の通った説明を考えつくと、それを退けるのは難しい。海水浴が嫌いだと嘘《うそ》をつき、この期《ご》に及んでその理由を釈明できずにいる唯美を見るにつけ、友則は真実を看破したとしか思えなくなりつつあった。体の関係を拒み続けたのも、自分とは別に男がいたからではないか。服の下に内出血などがあって、体を見せられなかったからではないのか。

しかし、友則はその考えを口に出さなかった。引き返せなくなるという予感に、おじけづいたからだ。どんなに筋が通っているとしても単なる思いつきに過ぎないことを、胸の中に留めておく程度の冷静さは、まだかろうじて残されていた。

「……今日は、帰るよ」

立ち上がった友則に、唯美がすがりついてきた。

「待って。違うの」

玄関の明かりに照らされたその顔が別人のように見えたのは、化粧をしていないせいだけではなかったはずだ。友則は、目を逸《そ》らした。

「いまは何を言われても、素直に受け止められないと思う。頭を冷やす必要がある。日をあらためて、ゆっくり話そう」

五秒ほど待ってから、わかった、とかすれた声で返事があった。彼女の左手が、友則のジャケットの裾《すそ》から離れる。

そのまま動こうとしない恋人を残し、友則は彼女の部屋をあとにした。

追いすがった彼女の左手には、シャワーを浴びたあとなのに、あのバングルがつけられていた。そのことを思い返すたび、夜の街がぼやけて歩くのにも難儀した。

3
「――で、どうするんだ。別れるのか」

一誠に訊ねられ、友則は眉《まゆ》を八の字にした。

「まだ決心がつかないから、こうして相談に来たんじゃないか」

翌週末、友則はぷらんたんを訪れていた。今日も一誠はお店にいたので、こうして立ち話を決め込んでいる。

この一週間、唯美からの連絡はなかったし、友則からも連絡を取ろうとはしなかった。唯美の部屋を出た瞬間から、二人の関係は何も変わっていない。

「でもその紙、ほこりを被っていたんでしょう」

店の外で若い女性客を見送っていた巴瑠が、店内に戻るなり言った。接客の邪魔にならぬよう、小声で話していたつもりだったが、彼女もちゃっかり聞いていたらしい。

「ああ、そのとおりだ」

「なら、時間が経ったことの証《あかし》だよ。彼女の言うとおり、去年の映像だったんじゃないの」

「でも紙が落ちていた隙間には、そもそもほこりが積もっていたんだ。紙を落としたときに、ほこりが舞ったとしても不思議じゃない」

少し考え、巴瑠は次の質問をする。

「今年、プールに行ったときの写真はある？」

「そういえば……《記念に》って彼女が、一枚撮ったのをもらったな」

携帯電話を操作する。写真はすぐに見つかった。

唯美が手を延ばして撮った、斜め上から見下ろすような視点だ。彼女の着ている水着は、胸元や腰回りに小ぶりな造花がいっぱいあしらわれた、特徴的でかわいらしいデザインである。もちろん、隣には友則もいる。

「あら。この水着――」

写真を見てすぐにピンときたようで、巴瑠はレジに置いてあるノートパソコンを使って、何かを調べ始める。ほどなく、彼女はパソコンを反転させてこちらに画面を向けた。

「その水着は去年、爆発的に流行したものだよ。変わったデザインだからよく憶えてた」

一誠と並んで、画面をのぞき込む。そこには唯美が着ているものと色違いの水着が、昨年のトレンドとして紹介されていた。

「よく知ってるね、水着の流行まで」

一誠が感嘆するも、巴瑠は平然としている。

「商売柄、アクセサリーだけじゃなくて、さまざまなファッションの流行にもわりあい敏感になるのよね」

ワンポイントアイテムとしてのアクセサリーの人気も、ファッションの流行に少なからず左右され、トレンドの服装と調和の取れるデザインのものがよく売れるのだという。

「つまり、彼女がこの水着を買ったのは去年ということか」

友則の言葉に、巴瑠はこっくりとうなずく。

「その可能性が高いと思う。海水浴に備えて水着を、はやりのものに買い替える。ありそうなことでしょう。だからそのプリントアウトされた映像も、去年のもの――」

「とは、言いきれないよな」

説明するまでもなく、わかっているはずだ。唯美は現に、今年もこの水着を着ていたのだ。水着が去年買ったものだからといって――それすら、確実ではないが――海水浴までが去年のこととは限らない。

逆ならば、すなわちこの水着が今年の新商品なら、唯美の嘘は確定だった。そうならなかったことは、救いととらえてよいのだろうか。

「髪の長さや色に明らかな違いがあれば、去年の映像と断定できるかもしれないけど……」

「なかった、と思う。あったらさすがに気づいたはずだ」

「そうだよね」

巴瑠がパソコンを自分のほうへ引き戻す。気になることがあるのかと思いきや、そういうわけではないらしく、画面から目の焦点をずらして何ごとかを考え込んでいる。

新しい客は来ない。

「そもそも――」友則は、疑問の出発点に立ち返ることにした。「唯美の言うとおり、あれが去年の映像だったとして、だよ。海水浴がだめでプールなら行ける理由として、どんなものが考えられる？」

「去年の海水浴の際、海が嫌いになるような出来事に遭遇したとか」

あまり深く考えたとは思われない、一誠からの反応が返る。

「彼女はそのときのニュース映像を探して、記念にプリントアウトまでしてるんだぞ。二度と海水浴に行きたくないと思うほどつらい目に遭ったのなら、普通はそんなことしないだろう」

「でも、ほら、クラゲに刺されたとか……」

「そういうことなら、俺に隠す必要がない」

それもそうか、とつぶやいたきり、一誠は黙ってしまう。

「刺された――」

と、巴瑠がふいにそのフレーズを繰り返した。目の焦点が、友則に合う。

「唯美さんが本棚に隠そうとしたのは、化粧ポーチだったのよね」

「ああ。すっぴんを見せないために化粧をしていたことを、知られたくなかったんだろう。照明も落とされてたし」

「でも、暗くちゃお化粧できないよ。友則さんがトイレにいたのは、ほんの数分だったんでしょう」

「軽くベースメイクする程度なら、そのくらいの時間で済むんじゃないか」

「彼女は本当に、化粧をしていたの？　その顔を見たのね」

帰り際《ぎわ》、唯美にすがられたときのことを思い出す。玄関の明かりのもとで、その顔を見た。

「……いや、化粧をしているようには見えなかったな。完全に、素顔だったと思う」

順番がおかしい。友則はシャワーを浴びることになっていたのだ。先に照明を落とさなくても、簡単な化粧をするくらいの時間はあるはずだった。

「ねえ、一誠」

唐突に巴瑠から呼ばれ、一誠はきょとんとする。「何？」

「このあいだの帰り道、ことわざの話をしたよね。何となく、そっとしといてあげたほうがいい気がして、私、わざと別のことわざを挙げたんだけど――」

三週間前、ロシア料理のレストランを出たあとのことだ。

あのとき巴瑠は、女心と秋の空、と言った。その流れが自然で、思わず納得してしまったけど、あれは巴瑠の気遣いのなせる業だったというのか。

「一誠が思い浮かべていたことわざ、本当は何だったの」

記憶を手繰るのに、一誠は数瞬を要した。斜め上を見やり、それから嫌なにおいでも嗅《か》いだみたいに顔をしかめて、答えた。

「噂をすれば影、だよ」

質問というよりは、確認に近かったのだろう。巴瑠はつゆほども驚きのない、もの憂《う》げな表情で言った。

「わかったかもしれない。唯美さんの、不可解な言動の理由が」

その様子から友則は、やはり唯美は自分を裏切っていたのか、と身を硬くした。ところが、巴瑠はその考えを否定した。

「たぶん、唯美さんは何も悪くなかったんだと思う。だけど、それでも友則さんは、愉快じゃない事実を知ることになるよ」

巴瑠にまっすぐ見つめられ、友則は口に渇きを覚える。

折しもポケットの中の携帯電話が振動した。唯美から届いたメッセージには、《会って話がしたい》と記されていた。

4

唯美が指定した喫茶店は、京都地方裁判所の脇《わき》の道をやや南下したあたりにあった。女性バリスタのドリップするコーヒーが、絶品なのだという。

約束の時間に少し遅れて、唯美はやってきた。迷っていた第一声は、向かいの椅子《いす》に座る彼女の左の手首を見た瞬間に、するりと口をついて出た。

「それ、つけてくれてるんだ」

唯美は銀色のバングルの、レジンでできた半球をなでながら、寂しげに笑った。

「せっかく友くんがくれたんだもん。きれいだなって思ってる。この、空を閉じ込めたみたいなデザインが」

注文を済ませる。友則は、アクセサリーの話を続けた。

「そのバングルを作った人が言ってた。レジンに空を閉じ込めるのは、パラドックスみたいでおもしろいんだって」

唯美は目顔でそのわけを問う。

「アクセサリー作りに使うレジンには主に二種類あって、きみがいまつけているバングルには、UVレジンという素材が使われているらしい。その名のとおり、紫外線を当てると固まる樹脂なんだ。日光でも固まるけど時間がかかるから、UVライトという機械を使って作るんだとか」

UVレジン液は手芸専門店や百円ショップなどで簡単に手に入り、その扱いやすさや自由度の高さなどから、ハンドメイド雑貨の材料としてとても人気があるのだという。レジンを用いたアクセサリーはきれいで凝ったものが多く、よく売れるのだと巴瑠は話していた。

「本来なら、晴れた空の下で固まるものなんだね。その中に空を閉じ込めるのは、確かにどこか矛盾しているよう。子が親を生むような……あるいは県や州の中に、国があるような感じかな」

唯美は独創的とも陳腐ともとれるたとえを口にした。

「でさ、紫外線に反応する素材である以上、一度固めたあとでも陽にさらしておくと、だんだん黄みがかってくるんだって。これを黄変《おうへん》といって、経年劣化とも言えるし、年季が入って味が出たという見方もできるけど、いずれにしても作ったときと比べて、色が少しずつ変わっていってしまう」

「そうなんだ。この空の色も、永遠ではないんだね」

底の青を透かして見るように、唯美はバングルに目を落とす。その瞬間に、友則は告げた。

「もしかして、きみも同じことを恐れたんじゃないのか」

唯美が、動きを止めた。

彼女もきっと、その話をしにここへ来たはずだ。だけど、すべて彼女の口から語らせるのは申し訳なかった。わかっているよ、と——巴瑠の考えが正しいという確証はどこにもなかったが——友則は先に伝えておきたかった。

「海水浴には行きたくなくて、屋内型のプールならいい、ときみは言った。違いは日光――さらに言うなら、紫外線だ」

その一言で、唯美は悟ったらしい。必要もないのに、頭を下げた。

「黙っててごめんなさい。知らなかったの、友くんがあの男の――宝田遼平《たからだりょうへい》の後輩だった、なんて」

ついに、その名が彼女の口から出てしまった。覚悟していたはずなのに、それでも友則は、心に重たい袋をぶら下げられたような感覚を味わった。

「それじゃやっぱり、きみの足の付け根には……」

とても悲しげに、唯美はうなずいた。

「やけどの痕《あと》があるの」

「――印って、どうやってつけるんですか」

それは大学一年生のとき、テニスサークルの飲み会でのことである。

後輩を並べて得意げに、宝田遼平は《抱いた女に忘れられないために印をつける》と語った。それを受けて友則は、どうやってつけるのか、と質問を重ねたのだった。

宝田はワックスでボリュームを作った茶髪をかき上げ、煙草《たばこ》に唇をつけてから、煙を長く吐き出した。そしてさも愉快そうに、火の点《つ》いた煙草の先端を友則のほうへ向けた。

「女の足の付け根に、こいつを押しつけるのさ」

背筋を冷たいものが走った。後輩は誰ひとり、口を利けなかった。

その反応が気に入らなかったのか、宝田は白けた様子で続ける。

「そりゃ女は、たいてい泣いたり怒ったりするけどよ。優しくなだめれば、まず訴えられたりはしないさ。そしてその痕はおれが抱いたことの、消えない証になる。女は痕を目にするたび、もしくは人に見せるたびにおれを思い出すから、忘れられることは絶対にないって寸法だ」

「どうして足の付け根にするんですか」

別の後輩が間抜けな質問をしたことで、宝田は機嫌を取り戻した。

「女がそこを誰かに見せるのは、抱かれるときくらいのもんだろ。男がやっとの思いで股開かせたら、そこに前の男が残した痕があったときの心境、考えてみろよ。そいつはその女を抱くたびに、前の男の名残を見ることになるんだぜ。傑作じゃねえか」

呵々《かか》と笑い、宝田は煙草を吸う。数名の後輩が、中身のない言葉で先輩の太鼓を持った。

胸糞《むなくそ》が悪かった。自分はこの男が心底、嫌いだと思った。隣を見ると、一誠は病人みたいに青ざめた顔をしていた。

いまにして思えば――あのとき自分は一誠を連れて、サークルをやめるべきだったのだ。

「……一年以上付き合って、結婚も考えた相手だった。優しくて、一緒にいて楽しい人だったよ。まさか、あんなことをしてくるなんて思ってもみなかった」

唯美は運ばれてきたコーヒーに口をつける。かつて結婚を考えた恋人がいた、とは聞かされていた。では、それも宝田のことだったのか。

友則の知る宝田と、唯美の語る印象にはギャップがある。とはいえ、恋人と接するときの宝田を友則は知らないし、あれからもう十年以上経つのだ。病的な悪癖が改められずとも、人との接し方まで一切変えないでいられるわけではない。

「宝田遼平……やっぱり、京都に帰ってきていたんだな」

関東で就職した、という噂《うわさ》を聞いていた。それを伝えると唯美は、宝田が三年ほど前に、仕事の関係で京都に戻ったことを教えてくれた。

その宝田を、一誠はあの晩、偶然にも祇園の路地で目撃した。直前までいたロシア料理のレストランで、宝田の話をしたばかりだった。だから、ことわざが思い浮かんだのだ——噂をすれば影、と。

思い出すのも嫌な相手だったので、友則には報告しなかったらしい。けれども巴瑠は、一誠の態度や発言に引っかかっていた。そして、宝田が煙草を吸いながら《印をつける》と言ったこと、唯美が紫外線を避けたこと——それらを考え合わせ、友則や一誠よりもはるかに情報が少ない立場から、唯美の言動の理由を言い当てた。

「今年の五月のことだった。眠っているときに突然、鋭い痛みを感じたの。びっくりして起き上がると、あいつが煙草の火を、わたしの肌に押しつけていた」

感情を抑制した声で、唯美は語る。

「それで、どうしたの」

「その日のうちに別れたよ。結婚を意識した相手だったからね。将来、子供にもそういう暴力をはたらくんじゃないかと思うと、恐ろしくて」

言外に、結婚を考える前だったらどうだったかわからない、というニュアンスが込められている気もした。とはいえ唯美は大人だ。かつての宝田が煙草の火を押しつけても泣き寝入りしたような、若さゆえに賢明でなかった女性たちとは違う。唯美が別れを即断したのは当然だ。宝田は訴えられなかっただけましというものだろう。

「あいつと別れて間もなく、友くんと出会った。やけどの痕がまだくっきり残っているときで、だけど友くんには、何とでも言い訳できるはずだった……なのに、友くんと付き合い始めてすぐ、あいつから電話がかかってきたの」

宝田は、笑いながら言ったそうだ——名倉友則はおまえのやけどの意味を知ってるよ、と。

目を覆《おお》った。そんなことを告げて、唯美を苦しませる必要がどこにあったのか。自分のせいで捨てられたくせに、その腹いせでもするつもりだったのか。あの日、ろくでもなかった先輩は、やはり十年経っても腐った性根のままだったのだ。

「わたしと友くんの関係を、どこから聞きつけたのか……」

「宝田がいたテニスサークルのメンバーには、いまでも付き合いのあるのが何人かいる。そいつらにきみのことを話したのが、めぐりめぐって宝田の耳に入ったとしても不思議じゃない」

そっか、という唯美のつぶやきは、コーヒーカップの中に力なく落下した。

運命の悪意だ、と思う。宝田のかつての恋人と現在、自分が付き合っているというのは——だが、それほど奇跡的なことだろうか。友則に唯美を紹介したのは、さすがに宝田のことを知るテニスサークルの仲間ではなかったけれど、大学時代の友達だった。その友達と唯美を結ぶ縁の延長線上に、宝田がいたとしてもさほど驚くべきことではないように思われた。

唯美は宝田からの連絡をすべて遮断した。以後、接触はないという。関わりたくない気持ちが強く、ここに至っても傷害での刑事告訴などは考えていなかった。

「できるだけ痕が消えてからでないと、友くんに体を見せられないと思った。そんなに目立つ位置にないから、水着になるのは怖くなかった。でも体の関係を持つのは、もうちょっと待ってほしかった。だからわたしは紫外線を避けたし、ビタミンCもたくさんとったの」

やけどした箇所に紫外線を当てると、痕がより濃く残ってしまう場合がある。また、ビタミンCは色素沈着を防ぎ、やけどの痕をきれいに消すために効果的なのだそうだ。だから唯美は、レモンなどの柑橘類を積極的に摂取していたのだ。

「痕は、いまでも完全には消えていない？」

うなずく唯美。「だけど、いつまでもこのままの関係ではいたくないと思った。だからこの前、友くんを部屋に入れたの」

「俺がシャワーを浴びているあいだに、痕を消そうとしたんだね」

「そう。コンシーラーを使って、ね」

唯美が化粧ポーチを触っていたのは、素顔を見られたくないからではなかった。コンシーラーで、やけどの痕をわからなくするためだったのだ。そのくらいであれば部屋が薄暗くてもできるし、薄暗い中で見て取れない程度に消せばよかったということになる。加えて、やけどの場所が場所だけに、どうしても不自然な恰好《かっこう》や姿勢にならざるを得ない。だから彼女は、先に照明を落としておいたのだ。

巴瑠がその事実に思い至ったのは、一誠がクラゲに刺される話をしたときだった。虫刺されの痕をコンシーラーで隠した自身の経験から、やけどへと発想をつなげたようだ。

「……こんなことになるのなら、もっと早くに全部打ち明けておけばよかった。そう思ったからわたし、友くんをここへ呼び出したの。決心するまでに、一週間もかかってしまったけど」

ごめん、と唯美が声を震わせる。友則は、かぶりを振った。

「いいんだ。こっちこそ、疑ったりしてすまなかった」

「疑われるようなことをしたんだもん。わたし、あんな男と付き合わなければよかったね」

「やめよう。きみは何も悪くない」

心の準備ができていない状態で唯美の告白を聞いていたら、ショックのあまり、もっと彼女を傷つけるような態度を取ってしまっていたかもしれない。胸の中で、友則は巴瑠に感謝した。

カップはすでに空になっていた。友則が、店員が持ってきてくれたお冷やのグラスに手を伸ばしたとき、唯美は懐《なつ》かしくすら感じられる微笑を見せた。

「でもわたし、友くんが煙草をやめてくれて、本当にうれしかったよ」

それは元々、禁煙しようか悩んでいたところに、彼女が嫌煙家だと言ったことが決め手となっただけだったのだ。けれども彼女にとって、煙草は心身から消えない痕の象徴だった。恋人が火の点いた煙草を手にしている、それだけで恐怖するのは無理もないし、禁煙に特別な意味を持たせたくなるのも自然な心理かもしれない。

「わたしは友くんと、これからも付き合っていきたいと思ってる。――だけど、わたしのやけどの痕を見るたびに、友くんはあの男を思い出すことになるかもしれない」

宝田は、電話口で語ったそうだ。名倉とはひと悶着《もんちゃく》あってな。あいつ、おれのことすげえ嫌ってると思うぜ。そんな先輩がつけた印を見たらあいつ、どう思うんだろうなあ？

彼女の体を見るところを、想像してみた。唯美のことは好きだ。でも、いや、だからこそ、感情を乱すことなく無視するなんてできない気がした。さっき味わった、心に重たい袋の下がる感覚が、何度もよみがえるのかもしれない、と――それは、やはり厭《いと》わしいことだった。

唯美は背筋を伸ばした。恐れつつも本心を知りたがっていることを、その瞳《ひとみ》が訴えていた。

「それでもあなたは、わたしを愛してくれますか」

お冷やを入れたグラスの氷の山が、カランと音を立てて崩れた。

5

「――返事を保留した？」

一誠は声を裏返らせ、空になったおちょこを叩《たた》きつけるようにテーブルに置いた。

「仕方ないだろう。軽々しく答えられることじゃないと思ったんだ」

言い返す口調も、おのずと情けないものになる。一誠はまるで気に入らなかったようで、巴瑠のお酌を無言で受けていた。

あくる週末、友則は例によってぷらんたんを訪れ、二人を食事に誘った。今夜は先《ぽん》斗町《とちょう》の小ぢんまりとした割烹《かっぽう》だ。着物を着た女将《おかみ》が、京なすの煮びたしや南蛮漬けといったおばんざいを振る舞ってくれる。

巴瑠にはお礼を言わなくてはいけないから、報告は義務みたいなものだ。しかしこれでは、進展があるたび二人に泣きついている構図である。子供のように叱《しか》られたとしても、文句は言えない。

「過去に付き合っていた相手のことが、そんなに重要なのか」

めずらしく、一誠が語気を強める。彼の言うとおりだ。現在の唯美が好きである以上、過去にこだわったって無意味だ。わかってはいる。だけど、あの場でそう言いきる勇気がなかった。

「……ひょっとして、僕のせいでもあるのか？」

続く一誠の台詞は、まったく思いがけないものだった。

「僕が宝田ともめたりしなければ、友則も彼女の過去になんてこだわらずに済んだんじゃ」

「それはない。考えすぎだ」

そこだけは、きっぱり否定しておかなくてはならない。一誠らしい、そそっかしい気の遣い方だったが、友則はそれを美徳だと思っていなかった。他人の人生に、簡単に責任を負おうとするものではない。それは、相手の人生を軽んじることにもつながりかねない。

おちょこに半分の日本酒をあおる。いい酒なのに、心なしか水っぽく感じられた。

「未熟だな、と自分でも思っているんだよ。だけど、彼女に触れながら宝田の顔がちらつくことを想像したとき、嫌だなって感情が浮かぶのを抑えきれなかったんだ」

唯美はどうだろう。本当に、友則が乗り越えればそれで済む問題なのだろうか。彼女も友則に体を見せるたび、心がうずくおそれはないのか。けれども宝田に屈することへの反発から、引くに引けなくなってしまっているのでは——そんなことを考え始めると、やがて自己嫌悪《けんお》に陥って行き詰まり、友則はもう何日ものあいだ、結論を出せないでいるのだった。

椅子の背もたれに寄りかかる友則に対し、一誠はテーブルに両腕を置いて身を乗り出してくる。

「彼女がかわいそうじゃないか。何も悪くないのに、この先もずっと、過去を悔い続けることになるかもしれないんだぞ。なあ友則、あんなやつの悪意に負けてしまっていいのかよ」

「ちょっと、落ち着いて」

困り果てた様子で、巴瑠が一誠の肩に手を置く。同い歳の二人だが、いつもなら巴瑠のほうが一枚うわ手で、一誠の手綱をそつなく引いているように見受けられる。その巴瑠が、今日は一誠に振り回されている。

それでも彼女は、自身の考えを述べた。

「恋愛は、誰かに勝つとか負けるとか、そんなことのためにするんじゃないよ。たった二人のためだけにあるものでしょう」

優しく諭すような彼女の言葉を、友則はありがたく感じた。友則と唯美がいまより幸せになるためには、付き合い続けるという判断が適切なのかということだけを、じっくり考えてよいのだと言われた気がした。

一誠がうつむく。なぐさめるように、巴瑠がおちょこの中にお酒を注ぎ足した。そういったささやかな動作で、文字どおり水を差されてしまえば、あえて主張を繰り返す一誠ではない。それで、話は終わるはずだった。

ところが、今日の彼は違った。

「巴瑠の言うことは、正しいと思うよ。どこまでも正しいと思う……でも」

一誠が、顔を上げる。その眼差《まなざ》しを見て、友則は悟った。

彼のその姿を見たのは、今日が二度めだ。

怒っている。一誠はいま、腹の底から湧《わ》き上がる怒りを、親友の手に託そうとしている。

「もう嫌なんだ——あんなやつの言動で、誰かが傷ついたり、苦しんだり、くじかれてしまったりするのを見るのは」

過去がそんなに重要なのか、と一誠は言った。そうして過去にこだわってしまう友則を責めた。

だが、実はそんな一誠のほうこそ、過去へのこだわりを捨てきれていなかったのかもしれない。かつて自分に向けられた悪意を、克服することができていなかったのかもしれない。

乗り越えなければいけないと、友則を鼓舞したのではない。一緒に乗り越えてほしいという、それは一誠自身の願いだったのだ。

お店を満たすだしのにおいや和食器の音が、意識から遠ざかっていく。友則は、一誠が初めて怒りをあらわにしたときのことを思い出していた。

6

真夜中に突然、あえぐようにしてかかってきた電話のことは、よく憶《おぼ》えている。

「僕……子供が作れないかもしれない」

友人の告白に、友則は何と答えていいかわからなかった。

テニスサークルの飲み会で、男の後輩を並べて講釈を垂れるのが好きだった宝田遼平が、あるとき妙なものを後輩たちに配った。

「こいつで、おまえらの種が見られるぜ。箱買いしたけど一回しか使わなかったから、おまえらにもやるよ」

それは、精子の状態がチェックできるという触れ込みの、使い捨てのルーペだった。友則はそんなものがあることも知らなかったが、ネットで普通に販売されているらしい。

「いいんすか、もらっちゃって」

うやうやしく受け取ったほかの後輩の質問に、宝田は胸を反らして答えた。

「ひとつ千円もしない安物だよ。持ってけ持ってけ」

先輩風を吹かせたがるぶん、宝田は後輩に対して気前のいいところがあった。何でも父親が医者で、仕送りが月に三十万円もあるらしい。礼を言う後輩たちに足並みをそろえ、居合わせた友則や一誠も素直に受け取った。

その瞬間は馬鹿馬鹿《ばかばか》しく思えても、手にしてみると一度は使ってみたくなるのが人情だ。友則も、ルーペを持ち帰った二、三日後には、誰にも言わずにこっそり使用し、なるほどこういうものかと認識してからはその存在をすっかり忘れてしまった。

だから、しばらく日が経ったのちの深夜、一誠から電話がかかってきたときには驚いた。

「あのルーペ、使ってみたんだ。何も見えなかった」

混乱した様子の一誠に、友則は気休めを言うことしかできない。

「使い方を間違えたんじゃないか」

「僕もそう思ったさ。だからもう一度、今度は自分のお金で買って、使ってみたんだ。だけど、やっぱり見えなかった。いないんだよ、何も」

こんなこと、ほかに話せる相手がいなくて――と、一誠はうめく。

絶望する友達を、できることなら支えたい。そんな人並みの優しさを、友則は持ち合わせていた。でも、何を言えばいい？　閉ざされたかもしれない未来を思って嘆く彼に、どんな言葉をかけてあげればいい？　適切な判断を下すには、生きてきた時間があまりに短すぎた。

「……まずは病院で、ちゃんと検査を受けたほうがいいよ」

精いっぱいひねり出したのは、助言に見せかけた逃げの一手だった。

凝固した空気をかき分けて進むような時間が流れた。やがて、一誠がぽつりと言った。

「そうだよな。ありがとう」

電話が切れたあとも、友則はしばらくのあいだ、その場を動けなかった。

それからひと月ほどが過ぎたある日、友則は一誠から唐突に声をかけられた。

「飯に行こう。話がある」

あらたまった誘いに、例の電話の続きだろうとは直感したものの、黙っておいた。あのあとも学校やサークルで頻繁に顔を合わせていた二人だったが、電話の話題には触れず、何ごともなかったかのようなそぶりで接していた。

大学生になって、初めての冬を迎えていた。二人は大学から少し離れた、チェーンの安居酒屋に入った。店を決めたのは一誠だ。静かな店よりはちょっとくらい騒がしいほうがかえって話しやすいから、と言った。低い壁で仕切られた、半個室のような席に通される。

友則は大学に入る前に一浪していたので、この時点で二十歳になっていた。一方で、一誠は現役合格した口であり、まだ未成年だ。テニスサークルの飲み会でも、断りづらい雰囲気のときを除けば、たいていソフトドリンクを注文していた。

ところがこの晩に限って、一誠は進んでアルコールを頼んだ。友則は止めなかった。注文したビールを飲み始めると、一誠は一切の前置きをはさむことなく切り出した。

「病院で、検査を受けたんだ」

「……そうか。どうだった？」

「無精子症だったよ」

不自然なほど、淡々とした声色だった。

仕切られた壁の向こうで、男たちの下卑た笑いが上がる。異性のことで、くだらない冗談を言い合っているらしい。

「少し、調べたんだけどさ」

友則は言い、やたらに渇く喉《のど》をビールで湿した。

「無精子症にも、二つのタイプがあるんだって？　それしだいでは、子供を作ることも不可能じゃないそうだけど」

友則が当たった資料によれば、無精子症は閉塞性《へいそくせい》無精子症と非閉塞性無精子症に分けられるらしい。閉塞性無精子症の場合、精巣《せいそう》では精子が作られているが、その通り道がふさがっているせいで体外に出てこない。対して非閉塞性無精子症では、そもそも精子がまったく、もしくはごくわずかしか作られていない。無精子症患者は増加傾向にあり、男性のおよそ百人にひとりが該当するとされ、その八割が非閉塞性無精子症である。当時の医学では、精子の存在しない非閉塞性無精子症患者の不妊治療はきわめて難しく、第三者の精子を用いるしかないというのが通説とされていた。

当然ながら、一誠はそのあたりの説明を医師から受けていた。

「僕は、非閉塞性無精子症なんだって。原因まではわからないそうだ」

閉塞性無精子症なら、精路再建手術を受けるなどの治療法があった。その未来も、閉ざされたことになる。

「それでも、自分の子供を作れる可能性がまるきりゼロというわけじゃないらしい。だけど自然妊娠できないのは元より、体に負担のかかる大がかりな治療を受けたとしても、成功する見込みは非常に薄いんだ。知れば知るほど、暗い気持ちになるよ」

「一誠……」

「どうしてほかの人にできることが、僕にはできないんだろう」

テーブルに目を落として黙り込む一誠を、友則はただ見ていることしかできなかった。

居酒屋に似つかわしくない沈黙が、どのくらい流れただろうか。突然、隣の席から声がした。

「あれ、名倉じゃん。それに桜田も」

半個室の壁の上にのぞいていた顔を見て、友則はぎょっとした。

「宝田……先輩」

宝田遼平が、いつものニヤニヤした笑みを浮かべ、こちらを見下ろしていた。

「何してるんですか。こんなところで」

ほとんど意味のない質問を、友則はかろうじて投げた。宝田は壁の向こうを回ってこちらの半個室に入り、一誠の横にどっかり腰を下ろす。

「同じゼミのやつらと飲んでたんだよ。こんな店で会うなんて、奇遇だな」

いくら宝田が学生にしては金を持っているといっても、飲みにいくにあたっては、同席するほかの学生に合わせて店を選ばざるを得ないだろう。学生の身分で行ける飲み屋なんて、限られている。

だから店内に知り合いが居合わせたことには、さほど驚かない。だが——友則は、舌打ちしたくなるのをこらえた。よりによって、こんなやつの隣の席に座ってしまうとは。

　せめてこちらの会話を聞かれていなければ、と思った。ところが宝田は、その願いを一瞬で打ち砕いた。

「さっきから、隣で辛気くせえ話してんなって思ってたんだよ。それじゃ何、桜田は種なしだったの？」

　早くこの男の口をふさがないとまずい。焦《あせ》りはするものの、相手が先輩であるだけにうまく対処できなかった。

　青ざめた一誠の無言を、宝田は肯定と解釈したようだった。一誠の肩に手を回し、ひゃっひゃと笑う。

「よかったじゃねえか。おれのおかげで、早めにわかって」

　平静でいられるわけはなかったが、それでも一誠は耐えていた。宝田の言うことにも一理あったからだ。

　だが、宝田はそこで止まらなかった。

「そんな顔すんなって。いいじゃねえか。おまえ、これからセックスし放題だぞ――」

　次の瞬間、一誠が宝田の顔面を殴った。

止めに入る間もなかった。友則も、温厚な一誠がまさか手を出すとは思ってもみなかったのだ。

後輩から思わぬ反撃を受けて呆然《ぼうぜん》とする宝田の胸倉を、一誠がつかむ。

「もういっぺん言ってみろ」

「やめろ一誠」

「何がどういいのか、もういっぺん言ってみろって言ってんだよ――」

友則が慌《あわ》ててテーブルの反対側に回り、二人を引きはがす。店員がやってきて、お代は結構なのでいますぐ店を出ていってください、と告げた。白い息を吐き、肩を震わせて歩く一誠を自宅へと送るあいだも、やはり友則はどんな言葉をも発することができなかった。

その日を境に、一誠はテニスサークルに顔を出さなくなった。

居心地は悪かったものの、友則は一誠が戻りたくなったときのために、サークルにとどまって彼の居場所を残しておいた。だが結局、一誠が復帰したがることはなく、年度が終わると同時に友則もサークルをやめてしまった。

――いまならば、と思う。

いくつもあった、大事なタイミングで、もっと適切にふるまえていただろうか。完全な正解はなくとも、若すぎて途方に暮れるしかなかったあのころとは違って、一誠に何か意味のある言葉をかけることができただろうか。

あれから十年以上が経《た》った。何かを乗り越えるために積み重ねた時間もあれば、そこに居座ったまま、なかなか乗り越えられない過去もある。自分にも、一誠にも。

そしてまた、一誠は怒った。過去に打ち勝とうとして、あの日以来初めて、友則の前で本気で怒った。

何もできなかったあの日のままでは、自分もいたくない。

7

「へえ。レジンを使ったアクセサリーにも、いろいろあるんですね」

「好きな色や形にできるのが、レジンのおもしろいところです。こちらの赤いのは、底に花びらを敷き詰めてあって……」

ぷらんたんの店内には、たくさんのアクセサリーに目を輝かせる唯美と、商品の説明をする巴瑠の、はずんだ声が響いている。

二人の邪魔にならぬよう、友則は一誠を連れて店の外へ出た。

「付き合い続けることにしたんだな」

うれしそうな一誠を前にすると、友則はちょっと照れくさかった。

「それほど大きな覚悟があるわけじゃないよ。いまはお互いのことが好きなんだから、ひとまず付き合い続けてみよう。ということで、意見が一致しただけさ」

一誠たちとの会食を受け、あらためて唯美と話し合った日から、早くも三週間が過ぎようとしていた。京都の街はクリスマス一色、その向こうに年の瀬も迫り、日々はどこか気ぜわしい。

この三週間のうちに、唯美とは体の関係を持った。やけどの痕も、実際にこの目で見た。心が重くなるような感覚が、残念ながら皆無ではない。だけど思ったほどじゃなく、案外すぐになくなる気もしている。

唯美と付き合い始めて、まだ半年にも満たないくらいだ。過去の出来事とは関わりのないところで、もしかしたらだめになってしまうかもしれないし、この先もずっとうまくいくかもしれない。いまはただ、この瞬間も一緒にいたいと願っている、その気持ちを大切にしよう——そんな風に何気なく暮らすことこそが、何よりも過去の克服になるんじゃないか、と思えるようになった。

「――ありがとう」

突然、一誠が深々と頭を下げた。友則は面食らう。

「どうして。そんな筋合いはない。むしろ、礼を言わなきゃいけないのはこっちだ」

けれども一誠は首を横に振る。その顔に、晴れやかな笑みを浮かべて。

「いいんだ。感謝してるんだよ。それだけだ」

ぷらんたんの扉が開いた。唯美が手招きをしていたので、店内に戻る。

「このペンダント、欲しいなあと思って」

「何だ、ねだろうって魂胆か」

「いいじゃない。もうすぐクリスマスだし」

ペンダントを手に取ってから、友則はあれ、と思う。

「このペンダントトップのレジン、あのバングルとそっくりじゃないか」

やはり半球型のレジンに、青空が閉じ込められたようなデザインだった。

「いいの。それでも欲しいの」

唯美はペンダントを友則から取り上げ、光にかざす。そして、言った。

「友くんからあのバングルをプレゼントしてもらったとき、わたし、思ったんだ――いつまでもこのまま、陽の光を避けて生きていくのは嫌だなって。友くんと一緒に、晴れた空の下を堂々と歩きたいって」

そうだったのか。だから彼女はあの日、自分を部屋へ上げてくれたのだ。であればペンダントも買ってあげるしかないな、と思った。彼女はもう一度、この空をプレゼントしてほしいのだろうから。

「わかったよ。それ、巴瑠ちゃんに渡しな」

友則が言うと、唯美は小さく跳ねて喜び、踊るようにレジへと向かう。単純だな、と苦笑しながらも、自然と心が温かくなる自分がいる。

もう、彼女は紫外線を恐れる必要もない。バングルも、ペンダントも、身に着けているうちにゆっくり黄みがかっていくのかもしれない。

そうなるまで——いや、そうなってからもずっと、一緒にいられたらいい。さっそく胸元に空を飾った唯美の笑顔をながめながら、友則は心からそう思った。

手作りの春

1

頭の中が、真っ白になった。

「そういうことだからね、巴瑠ちゃん……申し訳ないけど、出ていってもらいたいのよ」

長谷川《はせがわ》チヅはさも気の毒そうに、こうべを垂れている。せんべい布団《ぶとん》ならぬ、せんべい座布団と言いたくなるほど薄い座布団の上。息の詰まる畳敷きの茶の間で、北川巴瑠は自分の認識の甘さを痛感していた。

京都御苑《ぎょえん》の近くの路地に位置するハンドメイドアクセサリーショップ、ぷらんたん。巴瑠がそのお店を開いて、もう四年になる。

自分のお店を持とうと決意するまでには、いくつかのきっかけがあった。中でも親戚《しんせき》にあたる長谷川夫妻から、店舗として使えそうなガレージを借りられる話が持ち上がったことは、特に巴瑠の背中を強く押してくれたと言える。

そもそもこの老夫婦が自宅のガレージを人に貸すことにしたのは、チヅの夫の賢三《けんぞう》――彼が巴瑠の祖父のいとこにあたるらしいが、その続柄を何というか巴瑠は知らない――が足腰を悪くし、車の運転をやめたからだった。ということは、だ。いつかはこういう日が来るかもしれないことを、借主としては頭の片隅にでも置いておくべきだったのだ。なのに、今日の営業を終えたところでチヅに母屋《おもや》のほうへ招かれるまで、巴瑠はそのことを一瞬たりとも考えていなかった。

「夫もだんだん、この家での生活に苦労するようになってってね。大阪に住む息子から、同居を勧められたの。バリアフリーっていうのかしら、リフォームもしてくれるみたいで」

それで、この家を引き払うことになった。本当は出ていきたくないんだけど、とチヅは言う。

たぶん、半分は本音だろう。京都の人間としては洛中《らくちゅう》の、それもこんないい場所にある家を、手放したくはないに違いない。しかしその一方で、息子とともに暮らせるうれしさを、チヅは隠しきれていなかった。

「ガレージも貸していたものだし……家を売るとなると、一緒にということになってしまうから。巴瑠ちゃんには、本当に申し訳ないのだけれど」

「いえ、そんな……」

小さくなるおばあさんを見て、こちらまで申し訳なくなってしまう。文句は言えない立場だ。むしろこれまで格安で貸してもらい、自由にお店を経営してきた。しかもときには差し入れをくれたり、ごはんをごちそうになったりと、本当に何から何までお世話になったのだ。そんなチヅに、頭なんて下げてほしくない。

けれどもそこに気を配るほどの余裕が、いまの巴瑠にないのも事実だった。かろうじて、彼女は確認した。

「いつごろまでに、出ていけばいいですか」

「そうねえ。四月には同居を始めて家と土地を売りに出そうと思っているから、長く見て三月いっぱいってとこかしら」

わかりました、と言うほかない。

ぷらんたんの店舗の裏手につながった長谷川宅を出る。あらたまって呼ばれた時点で、何となく嫌な予感はしていた。巴瑠は通りを回って、ぷらんたんの扉の正面に立った。

無我夢中でお店を開いて、あっという間に四年が経《た》った。収支はいまでもわずかに黒字といった状況だ。週に六日はお店を開け、休日もアクセサリー製作に勤《いそ》しむ日々を送っている。そんな生活がいつまでも続けられるわけではないと、人に言われたこともあった。それでも目の前の仕事に、全力で取り組んできた。ありきたりだけど、生きがいだから。でも——。

潮時、という言葉が、舞い落ちる雪片のように浮かんで消えた。

お店を見つめ、途方に暮れる。吐く息が年の瀬の夜気に冷やされ、白く染まった。

2

「こんにちは」

チヅに退去を求められた数日後。ぷらんたんにやってきた女性を見て、巴瑠は笑顔になった。

「いらっしゃい。理香子《りかこ》さん」

ジーンズに赤いセーター、ベージュのコート。髪を後ろでひとつに束ね、今日も薬指の指輪がきらりと瞬《またた》いて見える。

彼女の名前は百田《ももた》理香子。最近ぷらんたんで商品を扱い始めたので、現在の彼女の肩書きは、巴瑠から見ればアクセサリー作家ということになる。

「どうですか。わたしの商品、売れてますか」

理香子はあいさつもそこそこに、壁に打ちつけられた木製のボックスをのぞき込んだ。ぷらんたんでは、このボックスを作家に貸し出す委託販売の形をとっており、売り上げから月ごとのボックス利用料と販売手数料を差し引いた残りが、作家の取り分になる。

「そうですね、前回のご来店からはそんなに動いてないけれど……」あまり期待が大きいと、こちらも苦笑いになってしまう。「でも、お客さんの反応は上々ですよ」

「本当ですか。よかった」

理香子は満足げだった。ちょっとでも商品がかわいく見えるようにと、自分のボックス内の陳列をあれこれいじっている。そのさまが、初心を思い出させてくれるようで好ましく、何だかまぶしかった。

理香子との出会いは、およそ一年前にまでさかのぼる。

初めのうちは、月に一回くらいの頻度でやってくるお客さんだった。いや、いつも商品をながめるだけながめて何も買わずに帰っていたから、客と呼んでいいのかもわからなかった。せまいお店だから一度来た人はたいてい忘れないけれど、そんな中でも彼女は印象的で、買わないのならなぜ繰り返し来店するのだろう、と不思議に感じたことを憶《おぼ》えている。

そんなことが五回ほど続いたとき、彼女にとある異変が現れた。

いつものように、理香子は店内を彩《いろど》るさまざまなアクセサリーに見入っていた。今日も何も買わずに帰るのかな。そんなことを考えていた巴瑠の耳に突然、紙を細かく千切るような音が、かすかに聞こえてきた。

お店の中には、巴瑠を除けばひとりしかいなかった。背を向けた理香子に目をやると、小さく肩を震わせ、鼻をすすっているのがわかった。慌《あわ》ててレジを離れ、そちらに近づく。

彼女は商品を手に取ったまま、大粒の涙を流していたのだった。

巴瑠はお店の奥から椅子《いす》を持ってきて、彼女をそこに座らせた。少し待ち、涙が収まってきたところで訊《き》いた。

「どうかなさいましたか」

彼女は数度、ためらったあとで、適当な言葉を探すようにしながら答えた。

「何だか、無性に……うらやましくなってしまいまして」

「うらやましい？」

「わたし、百田理香子と申します」

唐突な自己紹介だった。商品を買ってくれたことがなく、どちらかといえば話しかけてほしくないように見える人だったので、名前を聞いたのもそのときが初めてだったのだ。

「三十五歳の専業主婦です。夫は建築士で毎日忙しく、そのぶんしっかり稼いでくれています。五歳のひとり息子も、元気でかわいい盛りです。家庭に恵まれ、幸せな日々を過ごしている。はたからはそのように見えるだろう、と自分でも思います」

これは、何の自慢だろう。そう思い始めたところで、理香子の表情に影が差した。

「結婚してからというもの、妻として、母親としての役割だけを一所懸命に果たしてきました。けれどもこのごろ、そんな人生にふと虚《むな》しさを覚えることが多いんです。ここにいるのが、わたしである必要はあるのだろうか。わたしはわたしじゃなくてもよかったんじゃないか、わたしがわたしである意味は何なのだろうか。そんなことを、考えてしまいます」

理香子のティーンエイジャーのような吐露を、巴瑠は複雑な気持ちで聞いていた。

ターナー症候群に生まれつき、血のつながった子供を宿すことがきわめて難しい巴瑠にとっては、何とぜいたくな悩みだろうか、と思ってしまう。だけど、その思いはみずから否定したい。理香子をぜいたくだと見なすことは、自分のほうが劣っていると認めることにほかならないからだ。性染色体異常を抱えていようが、何ひとつ問題のない体に生まれ育とうが、それぞれに道があるということでしかないし、そう考えるようにしている。だから、複雑ではあったけれど、理香子に対してネガティブな感情を抱きたくはなかった。

「そうした考えにとらわれるようになってしばらくが過ぎたころ、わたしはこちらのお店を見つけ、立ち寄らせてもらったんです。――そして、衝撃を受けました。こんな風にして、自分が自分であることを形にしようとしている人が、いっぱいいるんだってことがわかって」

作家さんたちの心境や普段の生活なんて知る由《よし》もありませんけど、と理香子は言う。

確かに、人によりけりではある。どちらかと言えば巴瑠は、理香子がいま話したような思いのもとにアクセサリーを作っているタイプだ。一方で、ひとえに楽しいから、あるいはお客さんに喜んでもらえるのがうれしいからという理由で、アクセサリーを作り続ける作家もいる。

「こうやって手作りのアクセサリーをながめていると、ひとつひとつに作家さんの思いが込められているように感じて、それがきらきら輝いて見えて……自分と比較して、すごく苦しくなってしまったんです。結局、何も買えないまま、わたしは逃げるようにしてお店を出ました」

だけどどうしても気になって、それからもぷらんたんを繰り返し訪れていたのだという。理香子の不可解な来店の意味が、思いがけず明かされた。

「ほかのハンドメイドアクセサリーのお店にも、いくつか足を運んでみました。ご存じですか。西京極《にしきょうごく》の『ダンデライオン』とか、少し前に出町柳《でまちやなぎ》にできた『ペスカ』ってお店とか」

「ダンデライオンは人気店ですよね。私も行ったことがあります。新しいお店はあんまりチェックしてなくて……何しろ、自分のお店のことで手いっぱいなものですから」

うなずいて、理香子は続ける。

「行かなくて正解ですよ。ほかのお店は全然だめ。それくらい、ぷらんたんはわたしにとっての理想なんです。苦しいのに、気がついたらまた足を向けてしまう場所」

その苦しさが、ついに爆発してしまったのだそうだ。

「いつも逃げ帰るばかりの自分が、どうしようもなくみじめになってしまって。わたしも自分を形にしたい、自分であることの意味を感じたいのに。そう思ったら、涙が止まらなくなってしまいました」

ご迷惑をおかけしました。そう言って椅子から立ち上がろうとした理香子の手を、巴瑠は取っていた。

「だったら、一緒にアクセサリーを作ってみませんか」

理香子は困惑している。「アクセサリーを……わたしが？」

「私でよければ、お教えします。うらやましさで苦しくなってしまうくらいなら、ご自身でもやってみましょうよ」

なぜこんなことを言い出したのか、巴瑠は自分でもよくわからなかった。理香子への同情や、人助けの精神とは少し違う。ただ、知ってほしいとは思った。はたから見てうらやましくなるような世界が、飛び込んだ内側からはどう見えるのか、知ってほしかった。

「でもわたし、家のこともあるし、時間が作れるかどうか……」

「おうちにいながら、隙間《すきま》の時間で取りかかれることもアクセサリー作りの魅力です。きっと、すぐに楽しくなりますよ」

その瞬間、理香子の瞳《ひとみ》の色が変わった気がした。彼女はきりりと立ち、両手を前でそろえて頭を下げた。

「じゃあ、お言葉に甘えさせてください。よろしくお願いします」

それから彼女は、週末にしばしばぷらんたんを訪れるようになった。息子の世話は、夫に任せているのだという。

最初、巴瑠は市販のパーツを組み合わせた簡単なアクセサリーの作り方を教えるなどしていたが、元々手芸が好きだったという理香子は、すぐにその技術を活《い》かしたオリジナルの作品を作るようになった。水玉のリボンをあしらったかわいいヘアゴム、フェルトを丸めてマーブル模様にしたものをビーズでつないだネックレス、パステルカラーのハートを連ねた刺繡《ししゅう》のブレスレット。彼女が家で作ってくるものは、ぷらんたんに並んでいる商品と比べても遜色《そんしょく》ないほどの出来映えだった。

「理香子さん、とっても筋がいいですよ。アクセサリー作りを始めたばかりとは思えない」

お世辞ではなく心から褒めると、理香子はうれしそうに笑った。

「ありがとうございます。巴瑠さんの教え方がいいからですよ」

「そんなことありません。実は私も、アルバイトをしていた雑貨店の店長さんにアクセサリー作りを教えてもらったんですけどね。始めたばかりのころは《まー巴瑠ちゃんったら不器用ね》って、何度も呆《あき》れられたものです」

くすくす笑う理香子に、巴瑠は首から下げているネックレスを見せた。生まれて初めて作ったアクセサリーで、いまでも肌身離さずつけているものだ。

「わあ、素敵」

「いま見ると、作りが粗い部分もありますけどね。でもこのネックレスを作ったときは、何だかとても幸せで、毎日ながめてはにこにこしてました。あのころと、自分の作品が初めて売れたときのうれしさは、きっと一生忘れないだろうな」

それから巴瑠は、思いきって切り出した。

「理香子さんも、うちでアクセサリーを売ってみませんか」

「えっ。そんな、わたしの作ったものなんて」

手を振る理香子を、巴瑠は真剣な眼差《まなざ》しで落ち着かせた。

「アクセサリー作りを始めて、そろそろ半年でしょう。私の目から見て、理香子さんの作品は商品としてじゅうぶん通用すると思います。もちろんアクセサリー作りを勧めたときのような、気軽なお誘いではありません。私は店主として、あなたという作家とビジネスの話をしたいんです」

巴瑠は理香子に、壁のボックスの利用料や販売手数料の説明をした。幸い、店内にほかの客はいなかった。

「……つまり、たとえ月に一個も売れなかったとしても、ご負担は何千円かの利用料だけで済むわけです。それで割に合わないと感じれば、いつでもやめていただいてかまいません。まずは、自分の作品を誰かに買ってもらえる喜びを、知ってみるというのはどうでしょうか」

理香子の作るアクセサリーをぷらんたんに置きたい。巴瑠がそう感じていたのは事実だ。一方で、理香子の背中を押してあげたい気持ちもあった。彼女はたぶん、それを待っている。

初めは萎縮《いしゅく》していた理香子も、しまいには背筋を伸ばした。

「少し、考えさせてください。夫とも相談しないと。でもいまは、思いきってやってみたいというほうに傾いています」

「ちょうど、空いたボックスがひとつあるんです。いい返事をお待ちしてますね」

理香子は凛《りん》としてうなずいた。

こうしてぷらんたんに理香子のボックスができたのが、ひと月ほど前のことだ。以来、彼女はきっかり一週間ごとにぷらんたんを訪れ、売れ行きを確かめたり陳列を変えたりしていく。作家名は、理香子の希望で実名とは無関係のものをつけていた。これまでの付き合いもあるので、巴瑠は理香子を作家名ではなく、下の名前で呼び続けている。

「理香子さんのように、まめにボックスを見にきてくださる作家さんは助かります。遠いところにお住まいの方は仕方ないとして、近くにいても全然いらっしゃらない方もいるから」

背中に声をかけると、理香子は振り返る。

「そうなんですね。わたし、ひょっとして来すぎなのかしら」

「いえいえ、そんなことは。本当に、ありがたいと思ってます」

彼女は再びボックスのほうを見る。そして、愛《いと》おしむような眼差しを向けた。

「うれしくてたまらないんです。わたしがわたしでいることを求められる場所、わたしがわたしであることに意味がある場所。それが、このボックスの中にようやく見つかった気がして」

その言葉に、はっとさせられた。

そうだ。私以外にも、ぷらんたんを必要としてくれている人はいるんだ。この店に、生きがいを見出《みいだ》してくれている人はいるんだ。

弱気になってちゃだめだ——理香子のような人のためにも、私はこのお店を守らないと。

「それじゃ、引き続きよろしくお願いします」

理香子が陳列の直しを終えて、ぷらんたんを出ていく。巴瑠は送り出す際の《ありがとう》に、別の意味を込めた。気づかせてくれてありがとう。奮い立たせてくれて、ありがとう。

3

「だけど、そうなると現実的な解決策を考えないとなあ」

言葉のわりに、桜田一誠から緊迫感は伝わってこない。楽観的なところは、彼の長所でもあり短所でもある。

翌日曜日の晩のこと。巴瑠は恋人の一誠を自宅に招き、ガレージを出ていってほしいと言われたことについて相談していた。

「そうなのよ。お店はたたまないって決めたから」

巴瑠はココアを入れたマグカップを両手で包む。一誠は座卓に置いたカップから立ち上る湯気で、眼鏡のレンズを曇らせていた。

「空き店舗を探して移転する？」

「それは考えたけど……イニシャルコストがかかるでしょう。手元にある資金だけでは、まかなえそうになくて」

　イニシャルコストとは、初期費用のことだ。改装のための費用や、敷金など店舗取得のための費用といったものを指す。

「しかも、いまのガレージは格安で貸してもらってるから、移転すれば賃料は跳ね上がるはず。現状でも何とかやっていけるレベルの黒字なのに、このうえ賃料の負担が増えるとなると、お店を続ければ続けるほど赤字がかさむという状況になるかもしれない」

　表現を和らげたのはある種の強がりだ。本当は、《かもしれない》という次元の話じゃない。これまでのような売り上げでは、とてもじゃないけど生活していけなくなるだろう。

「ガレージだけ、売ってもらうことはできないのかな」

　言うだけ言ってみた、という感じだ。

「家とまとめて売りに出すって」

「うーん。結局のところ、ガレージごと土地と家を買い取るしかないってことか……」

「無理よ、そんなの」巴瑠は手をぶんぶん振った。「家は古いからともかく、あんないい土地、高いに決まってる」

「だけど、家とお店がいっぺんに手に入るんだから、少なくともこれまで毎月支払っていた家賃と店の賃料はいらなくなるわけだろう。いまの形でお店を続けたいのであれば、ここで無理をしてでも買い取る価値はあるんじゃないか」

奇策ではなく、あくまでも現実的な解決策として、一誠は提案してくれているようだった。

それはそうだ、と思った。一誠の言うとおりなのだ。だけど、それができそうにないのが情けないところでもある。巴瑠はうなだれた。

「現在のお店の状態で、じゅうぶんなお金を貸してくれる銀行があるとは思えないのよ。何といっても、売り上げを大きくするための投資じゃないもの。たとえ今後ますますがんばって、売り上げを増やすことができたとしたって、それで借金が返せるとは限らない。私自身がそう思うことより、貸し手からそう見えることのほうが重大なの」

「んん、それもそうか。どうしたもんかな……」

しばらくのあいだ、一誠はあごに手を添えて黙り込んでいた。それから突然、忘れものでも思い出したみたいに「あ」とつぶやいた。

「どうかした？」

「いや。シンプルな解決策をひとつ、思いついたものだからさ」

驚いた巴瑠に向かって、彼は自分の胸をどん、と叩《たた》いた。

「僕ならたぶん、家を買うためのローンを組めるよ。会社員で、安定した収入もあるし」

あっけらかんと言うので、固まってしまった。それこそ奇策で、巴瑠にとってはちらりとも思い浮かばなかったものだった。

「……ちょっと待ってよ」絞り出した声はかすれていた。「私、そんなことのために、あなたに相談したわけじゃない」

「わかってるさ。だけど、解決策としてはいままでもっとも現実的だ。検討する価値はある」

「だめよ、だめ。ちっとも現実的じゃない」

巴瑠は強い口調で却下した。

「付き合っているとはいえ、私たちは他人なんだよ。そんな相手のために借金を背負おうだなんて、正気の沙汰《さた》じゃない」

すると一誠は、だったら、と言った。

「だったら、他人じゃなくなればいいんじゃないかな」

返答に詰まった。彼の言わんとしていることが、瞬時に理解できたからだ。

一誠はすぐに次の言葉を続ける。

「勘違いしないでくれ。初めてプロポーズをしたときに、きみに言われたことは僕自身、真剣に受け止めてきたつもりだ。じっくり時間をかけてわかり合いたいと思いながらここまで来たし、それはいまでも変わらない。その点で、僕は何も焦《あせ》ってなんかいないんだ」

巴瑠はこくんとうなずいた。一誠のことを、信じられたから。

「だけど、事情が大きく変わってしまった。それはいかんともしがたいことだ。これからおよそ三ヶ月のあいだに、きみは何かしらの決断をしなきゃいけなくなった」

視線をカップの中に逃がす。ココアは残り少なくなっていた。いつまでも、その甘さを味わい続けることはできない。

「プロポーズから、すでに季節は一巡したよ。その間にも、僕たちは確かにわかり合ってきたと思う。ここらで一度、あらためて結婚を考えてみてもいいんじゃないかな」

彼が黙ると、嘘《うそ》みたいな静寂が部屋を満たした。たっぷり時間を取ってから巴瑠は、考えてひねり出したようでもあり、何も考えられなかったようでもある一言を、口にした。

「一誠は、そうすることの意味をちゃんとわかってるの」

「意味？」

「ただ結婚するよりも、さらに引き返せなくなるんだよ。借金は、あなたを私に縛りつける。うまくいかなかったな、でやめられる関係ではなくなってしまうんだよ」

しかし、一誠は動じなかった。

「ただの思いつきだと見られているのなら、心外だな。きみに言われるまでもなく、そんなことは承知のうえさ。だからこそ、いっそう本気なんだ」

それをすべて受け止めるだけの覚悟を、一誠は早くも決めてしまったらしい。とすれば、あとは巴瑠の気持ちしだいということになる。

正直、気乗りはしなかった。自分がやりたいお店のため、もっと言えばお金のために、一誠と結婚するなんて。理性よりも感情の部分が、はっきり嫌だと告げていた。

しかしながら、一誠の提案に甘えさせてもらえば、深刻な問題が解決されるのも否定できない事実だった。いまある形でお店を続けられるのなら、少なくとも経営にある程度の見通しは立つ。現在それぞれが支払っている家賃やガレージの賃料を回せば、月々の返済はおそらく可能だろう。何よりも、四年間の思い出が詰まった、いまのぷらんたんを守れるということ。巴瑠にとってそれは、何ものにも代えがたい魅力だった。

「……考えさせてほしい。少し、時間をちょうだい」

かろうじて、彼女はそう返事した。一誠はちょっと気が抜けたみたいに微笑《ほほえ》む。

「すぐに決められるような話じゃないからね。よく考えるといいよ」

それから彼は壁かけ時計を見た。時刻はもう十一時に近い。ココアを飲み干し、立ち上がった。

「じゃあ、明日も仕事だし、そろそろ帰るとしようかな」

見送るときにはいつも、寂しさがつきまとう。この寂しさからも、結婚すれば解放されるのだ。

「駅まで送っていく」

「いいよ、外は寒いから。ここまでで大丈夫」

三和土《たたき》に立つ一誠と軽くキスをする。またね、と手を振って出ていこうとする彼を、巴瑠は後ろから呼び止めた。

「一誠」

振り返る一誠。「何？」

「――ありがとね」

彼は照れ笑いを浮かべ、どういたしまして、と言った。とても静かに、玄関のドアが閉められた。

4

年末年始を、巴瑠は滋賀の実家で過ごした。近いから、家族と会うのはそんなに久しぶりでもない。ゆったりと過ごしながらも、両親というもっとも身近な夫婦が、これまでとは少し違って見えた。

年明けの営業を始めて数日後。巴瑠がぷらんたんにいると、ひとりの女性客がやってきた。

「いらっしゃいませ……」

あいさつが尻《しり》すぼみになったのは、同世代と見えるその女性が商品も見ずにいきなり、巴瑠のいるレジのほうへと近づいてきたからだ。その表情は見るからに険しい。

それで気づくのが一瞬遅れたけれど、以前にも来たことのあるお客さんだった。

「すいません。これ、先月ここで買ったものなんですけど」

女性が差し出した手のひらに載せられたものを見て、巴瑠は何が起きたのかを察した。

包装用の小袋の中に、ひと組のイヤリングが入っている。カラフルなチェコビーズをテグスでシャワー台に縫いつけた、とてもかわいらしい品だ。けれどもその片方は、テグスが切れてビーズがバラバラになっていた。

「買って、持って帰ったときにはもうこうなってました」

女性は硬い声で言う。ハンドメイドという性格上、既製品に比べて壊れやすいものもあるので、そのあたりはお客さんにもある程度、理解してもらったうえで販売しているつもりだ。しかし、持ち帰ったときには壊れていたというのなら、不良品だったと認めるほかない。

「申し訳ございません。すぐに新品と交換させていただきます」

巴瑠は深々と腰を折ったが、

「いいです。お金、返してください」

女性はけんもほろろであった。

不良品を受け取り、代金を返す。女性はまだ腹の虫が治まらなかったようで、去り際《ぎわ》にこんな台詞《せりふ》を残した。

「初めて利用させてもらったのに、こんなもの買わされて残念です」

「……申し訳ございませんでした」

いま一度、頭を下げているあいだに、女性はいなくなっていた。

気持ちが沈む。お店を始めて四年、これまでにも返品を希望したお客さんは何人かいた。ただ、ぷらんたんのお客さんはリピーターが多く、そういった人たちはお店のファンでもあるので、たとえ不良品が出ても今日のようにきつく当たられることはなかった。もちろん、だからといって気に留めなかったわけではない。毎度反省し、それまで以上に注意して検品をおこない、商品を陳列するようにしてきたつもりだ。それでも、こういうことはどうしても、ゼロにはできない。起こるときは、起こる。そうなったときにお叱《しか》りを受けるのも、仕方のないことだ。

不良品のイヤリングは、遠方に住む人気作家の作品だった。気が重いけど、連絡を取らないわけにはいかない。巴瑠は電話をかけ、いきさつを話した。幸い、若くて人柄の穏やかな作家だったので、次からは気をつけますと言ってもらえた。こちらにも非があったことをお詫《わ》びして、電話を切った。

両手で頬をぱちんと叩く。お店をどうするかということで頭がいっぱいで、仕事がおろそかになっていたかもしれない。こういうときこそ、しっかりしなきゃ。それにしても、悪いことというのは重なるものだ——と、このときは思っていたのだが。

さらに翌週、息せききってぷらんたんへとやってきたのは、常連客の女子大生、小高未久だった。

「大変だよ、巴瑠さん」

「未久ちゃん、どうしたの。そんなに慌てて」

「見て、これ」

彼女はスマートフォンの画面を見せてくる。そこに表示されていたのは、あるSNSの投稿だった。

〈御所の近くにあるぷらんたんってお店でプラバンのペンダント買ったんだけど、持ち帰ってよく見たらヒビが入ってて、触ったら割れた。最悪。もう二度と行かない〉

血の気が引いた。ご丁寧にも、投稿には割れたプラバンの画像が添えられていた。

プラバンとは、文字どおりプラスチックの板である。好きな形に切って着色したのち、オーブントースターなどで焼くと素材が収縮し、固定する。焼いた直後、まだ熱いうちに力を加えて成形することも可能なので、アレンジの幅は広く、ハンドメイドアクセサリーにも多く用いられている。

この短期間に、二度も不良品を出してしまうなんて。巴瑠は愕然《がくぜん》としたが、事態はもっと深刻だった。

「画面を下にスクロールしてもらえば、わかると思うんですけど……この投稿に、ほかの人が反応してて」

言われたとおりにする。別のユーザーが、先の投稿に返信を送っていた。

〈私も先日、同じ店で不良品つかまされました。違う作家さんの商品でした。返品には応じてもらえましたが〉

さらに、元の投稿者からの返信。

〈なんと、ほかにも被害者がいたとは……店頭に並べる前に、ちゃんとチェックしていないんでしょうね。意識の低さがうかがえます。しょせん、お店屋さんごっこなのでしょう〉

これらのやりとりが、百回近くも拡散されてしまっていたのだ。

息が止まるようだった。それでも未久がそこにいたから、何とか平静を保つことができた。ひとりだったら、きっと取り乱してしまったことだろう。

お店屋さんごっこ。仕事にするために、いろんなものをなげうって精力を注いできたつもりだ。それでも見る人によってはそう見えるのか。しかも原因は、不良品を売った自分にあるのだ。

「拡散してるユーザーの中には、ぷらんたんのことを擁護してる人もいるみたいなんですけど……返品に応じたっていうのは、本当なんですか」

心配そうに、未久が訊いてくる。すぐに、イヤリングを返品しにきた女性の怒り顔が浮かんだ。

「それは本当。先週のことだった。不良品の返品希望は久しぶりだったから、あの人で間違いないと思う」

現在のお店の規模や経営状態から考えて、この投稿を見たリピーターが何人か離れてしまうだけでも手痛い。早鐘を打つ心臓を必死でなだめつつ、巴瑠は言った。

「とにかく、教えてくれてありがとね。気づいたおかげで、対応が取れる」

「負けないでください。応援してます」

未久のそんな一言に、泣きそうになった。

とにかく作家にも知らせないといけない。投稿された画像に写ったペンダントは、ぷらんたんで販売している中でも一、二を争う人気作家、マイカの作品だった。蝶《ちょう》や宇宙模様など、繊細な色遣いのプラバンがネットでたびたび評判となり、新作を卸す際にはぷらんたんの前にも開店待ちの列ができるほどだ。

問題のペンダントも先週の土曜日に、他店に先がけてぷらんたんだけで発売したばかりの新作だった。事前にマイカ本人がSNSで告知した結果、当日はぷらんたんに目当てのお客さんが殺到し、わずか数時間で完売したという代物《しろもの》だ。

巴瑠はマイカに電話をかけた。ことのしだいを説明すると、いつもは愛想のよいマイカがどんどん硬い声になり、最後には「すみませんでした」と投げ出すように電話を切ってしまった。

不良品を出したことにショックを受けたのかな。SNSの件もあるし、あとでもう一度連絡を取ってきちんと対応を話し合おう。そんなことを考えていた矢先、巴瑠のもとにマイカからメールが届いた。

〈私、以前にも販売したプラバンが割れていて、お客さまからお叱りを受けたことがあるんです。それ以来、出荷前の検品や梱包《こんぽう》には人一倍気を遣ってきました。プラバンですから、使っているうちには割れることもあるでしょう。ですが、ご購入の時点でヒビが入っているというような雑な作りは、絶対にしていないと誓って言えます。配達事故か、もしくは失礼ですが、そちらで陳列する際に落とすなどされたのではありませんか？　いつもよくしてくださるぷらんたんさんだからこそ、新作をほかの店舗さんよりもひと足早く、販売開始していただいたのです。こちらのやり方に問題があるのなら、見直す必要があるので指摘してほしいのですが〉

この文面で、察しない人はいないだろう。マイカは怒っているのだ。

マイカとは、作家の中でもとりわけ親しくさせてもらっていた。巴瑠より少し歳上《としうえ》で、ハンドメイドアクセサリー作家としての活動歴も長く、お店をやるにあたってはいろいろと教えてもらったりもした。人気作家は、作品が優れていることは元より、人柄も魅力的な人が多い。それもまた、人気作家になる要素のひとつなのだ。そういう面でも、マイカは慕うべき人物だった。

たぶん、と巴瑠は考える。さっきの電話での伝え方がよくなかったのだ。また不良品かという疲労感や、SNSでの一件が、気持ちに余裕を失わせた。作家に電話をするにあたって、前回の返品の際には問題なく済んだことや、マイカとなまじ親しかったことも、慎重さを欠く一因となった。

同じ内容を伝えるにも、互いに良好な関係を保つために、表現を選ばなければいけなかったのだ。自分はそれを怠ったかもしれない。もしかしたら、責めるようなことを口にしたかもしれない。マイカとの電話でどのような言葉を使ったのか、もはやはっきりとは思い出せなかった。

巴瑠は急いで謝罪のメールを返信した。不慮の事態に動揺し、失礼なもの言いをしてしまったかもしれないこと。あくまでも自分に非があること。今後もぷらんたんでぜひマイカの作品を販売したいこと、などを記して。

マイカと取引できなくなるのは、ぷらんたんにとって大きな痛手だ。もちろん、だからといって特別扱いしているわけではなく、マイカのような人気作家も、理香子のような新人作家も、委託販売における条件は同じだ。だけど現実問題として、人気作家には引き続き商品を置いてもらいたい。そういう意識がなければお店なんかやっていけない――それこそ、ただのお店屋さんごっこになってしまう。

マイカから反応があるまでは、気が気でなかった。やがて返ってきたメールには、取引をやめるとは書かれておらず、ひとまずほっとした。まずは双方、SNSで謝罪の意を表し、騒ぎの鎮静化を図ることで話はついた。

しかし、問題は山積みだ。今回のことでぷらんたんにネガティブなイメージを抱いた人は少なくないだろうし、そのぷらんたんもガレージからの退去を迫られている。

それに何より――。

不良品が二度も続いて出たことなど、これまでになかった。何だか妙に、嫌な予感がするのだ。それともこれは、自身の責任を転嫁《てんか》したい気持ちの表れに過ぎないのだろうか。

とにかく、これまで以上に気を引きしめてかからないと。巴瑠は検品をさらに念入りにおこなうだけでなく、商品をお客さんに渡す際にも、破損などがないかのチェックを心がけるようになった。

ところが、そんな巴瑠の苦心をもあざわらうかのように、予感は最悪の形で現実となる。

5

その日は土曜日で、ちょうど理香子がぷらんたんに来ているときだった。

「どうですか、わたしの作品の売り上げ」

「それが、このところとっても好調なんですよ」

巴瑠は両手を合わせ、吉報を伝えられることを喜んだ。

「若い方を中心に、かわいいって声が多くて。値段も高くないからって、たくさんのお客さんにお買い上げいただいてます」

「わあ、本当ですか。うれしい」

「私の目に狂いはありませんでした。理香子さん、あっという間に人気作家になりつつありますよ」

すると理香子は目を閉じ、空気を味わうように深呼吸をした。再び開いた彼女の目には、誇らしげな輝きが宿っていた。

「これが巴瑠さんの言う、自分の作品を買ってもらえる喜びですね。わたし、思いきって販売してみてよかったです」

「こちらこそ、お勧めしてよかった」

もう、彼女は自分が自分であることに疑問を抱いたりしなくて済むだろう。その変化を祝福していると、お店のドアが開いて、外の雨音がにわかに大きくなった。

入ってきたのは、ひと組の母子だった。やや場違いな感じがするほどフォーマルな服装の、鼻やあごが尖《とが》った印象のある女性と、小学生くらいの女の子。子供のほうの顔には、見覚えがあった。

女性は一目散にレジのほうへやってきた。その行動も、怒り顔も先日の返品のときと同じで、巴瑠はまた何かが起きてしまったことを悟った。

理香子が気圧《けお》されて身を引く。母親の繰り出した言葉は、重かった。

「この店で買った髪留めで、うちの娘がケガをしたんだけど。どうしてくれるのよ」

後ろでうつむいていた女の子の、首回りの髪をかき上げる。そこに絆創膏《ばんそうこう》が貼《は》られ、小さな赤い点がにじみ出ていた。

「髪留めに、どのような不具合があったのでしょうか」

まずは状況を確かめるのが優先だ。巴瑠の質問に、母親は手に持っていたバッグからあるものを取り出した。

「これよ。マスコットの中に、折れたまち針の先っぽが残ってたのよ」

それはぬいぐるみの羊をあしらった、子供向けのかわいらしい髪留めだった。綿が入っているので、その中に縫製時の針が残っていたとしたら、注意して見たくらいでは気づけなかったかもしれない。検針機でも使わない限り、発見は難しかっただろう。

どの作家が作ったものかは一目瞭然《りょうぜん》だった――それは、理香子の作品だった。

「――申し訳ありません！」

突如、理香子がその場で土下座した。横顔は青ざめ、ひざと手は雨の中を来てくれたお客さんが運んだ水や泥で汚れてしまった。

とっさのことで、止める間もなかった。母親に謝罪しなければならない一方で、理香子をそのままにしておくわけにもいかず、巴瑠はマリオネットにでもなったみたいにバタバタと無駄な動きを繰り返した。

母親は腕組みをして、二人を交互ににらみつける。

「謝って済む問題じゃないでしょう。一歩間違えば、取り返しのつかないことになるところだったのよ」

「本当に申し訳ありませんでした。お代はお返ししますので……」

「当然でしょう。治療費も請求させてもらうから」

理香子は床に手をついたまま嗚咽《おえつ》している。そのさまに胸が痛んだことでようやく、自分まで取り乱している場合ではないと思い直した。理香子にアクセサリーの販売を勧め、実際に問題の商品を売ったのは巴瑠だ。自分に責任があるのだから、自分がしっかりしないといけない。

「重ねて申し訳ありませんが、本日のところは代金のみのお返しとさせていただけないでしょうか。治療費は完治されるまではっきりしない部分もあるでしょうから、後日あらためてご相談させてください」

ところが、その対応は母親の、別の場所にも火をつけたようだった。

「厄介な客に当たってしまったと思ってるんでしょう。顔に書いてあるわよ」

「そんな、とんでもないです」

母親が巴瑠に向かって間合いを詰める。そして、思わぬことを訊《き》いてきた。

「あなた、お子さんは」

頭に何か、とてつもなく冷たいものが触れた気がした。

「いえ……いません」

「そちらは？」

母親は、今度は理香子に問う。彼女は涙で濡《ぬ》れた顔を上げ、

「息子がいます」

満足な回答が得られたらしく、母親は勝ち誇ったような目を巴瑠に向けた。

「あなたには、まだわからないのよ。娘がケガをさせられた、母親の気持ちが」

――まだ、という言葉が正しかったのかどうか。親の気持ちを理解できる日なんて、私に訪れることがあるのだろうか。

呆然《ぼうぜん》とする巴瑠に、母親は連絡先を書いたメモを叩きつけ、娘の手を引いて帰っていった。その子の背中を見て思い出した。彼女は自分で貯《た》めたお小遣いを握りしめ、うちのお店に髪留めを買いにきてくれたのだ。確かに巴瑠は、その子が受けたショックにまで想像が及んでいなかった。

母親があんな風に言うのも当然だ。ケガをした事実だけではない。お小遣いを貯め

た娘の、髪留めを買ったことをうれしそうに報告した娘の、思いを知っていたからこそ怒ったのだ。その思いを、不良品を売ることによって裏切ったから怒ったのだ。理香子はわかっていたのかもしれない。だからなりふりかまわず、額を床につけたのかもしれない。対して自分は――。

何が、しっかりしなきゃ、だ。情けなさで、大切なはずのお店も、心を込めて作ったつもりの自分の作品も、何もかもが色あせて見えた。

理香子が立ち上がる。その顔からは、生気が失われていた。

「わたしなんかが、存在価値なんて見出そうとしたからいけなかったんですよね」

そのつぶやきは、巴瑠の心にも鋭く突き刺さった。

「誰かを傷つけてしまうなんて、思ってもみなかった。そんなリスクを冒してまで、やっていいことじゃなかった。もう、やめます」

「待って。理香子さん、落ち着いてください」

巴瑠はすがるように言った。それは自分自身の心の奥から漏れてきた悲痛な叫びでもあった。理香子がここでアクセサリー作りをやめてしまったなら、そうしなければならない理由はことごとく自分にも当てはまって、二度と元いた場所へは戻れないところまで巴瑠の心を連れ去ってしまう気がした。

「落ち着けと言われても、こんなことが起きてしまった以上——」

「検品は、出荷前にちゃんと済ませたのですよね。そのときには、あの髪留めにも異常はなかったのですよね」

だが、理香子はうなだれる。

「検品はやったけど、抜かりなかったかと言われると自信がありません。折れた針が残っていたことになんて、気づけなかったかもしれない」

しかし、巴瑠も引かなかった。

「よく聞いてください。このひと月ほどのあいだに、うちのお店からもう三度、不良品を出してしまっています」

「えっ」

理香子が絶句する。巴瑠は続けた。

「お店を開いてからの四年間を振り返ると、この頻度は明らかに異常です。もちろん、ありえないとは言いきれません。だけど、私はどうしても信じられない」

そうだ、やっぱりこれはただの責任転嫁なんかじゃない。ぷらんたんでいま、何かとても不穏なことが起きているのだ。

「そんなこと言ったって……じゃあ、巴瑠さんはどう説明するんですか」

困惑する理香子に向かってというより、自分の中でぼんやりとしていた疑いを上からなぞるようにして、巴瑠は告げた。

「――このお店は、何者かに嫌がらせを受けている可能性があります」

6

その翌日。巴瑠は一誠と夕食をとっていた。およそ一年前にプロポーズを受けた、北山のフレンチ料理店である。再び結婚の話が出たので、久々に行ってみようかということになったのだ。

「だけど嫌がらせと言ったって、いったいどうやって?」

テーブルの向かいで一誠は言い、赤ワインの入ったグラスを置く。すでに顔が、ワインほどではないけど赤い。せっかくの食事がまずくなってはいけないからと、巴瑠が話を切り出したのは食後になってからだった。

「店頭に並んでいる商品のテグスを切ったり、プラバンにヒビを入れたり、ぬいぐるみの中に針を仕込んだりなんてこと、やろうものならきみが見とがめないはずはないだろう。広いお店じゃないんだから」

「それはそうだけど……でも、どう考えても変なのよ。こんなことが三度も続くなんて」

巴瑠は引き下がらない。一見して不可能だからというだけで、すんなり手放せる説ではないのだ。

理香子だけではない。最初に不良品のことで電話をした作家や、SNSでダメージを受けたマイカのためにも、もし一連の騒ぎが何者かの悪意によるのなら、何としても真相を突き止めなくてはならなかった。

否定から入りこそしたものの、一誠は一緒に考えてくれるようだった。ふむ、となって、

「こういうのはどうかな。犯人はぷらんたんで買った商品を持ち帰り、不良品にしてから包装を元どおりにし、また店に来て売り場にこっそり戻しておいた」

「それはないよ。在庫の数が合わなくなるもの」

「じゃあ、単純に戻すのではなく、同じ商品とすり替えたんだ。それなら一瞬で済むから、体で隠すなどすればきみの目にも留まらない」

巴瑠は小さくあごを引いた。

「そこまでは、私も考えた。最近売れ始めていた理香子さんも含め、人気作家さんば

かり狙《ねら》われてたのも、それで説明がつく」

「と、言うと？」

「今回のことがあってから、私、店頭に並んでいるものも含めてすべての在庫を検品し直したの。だけど、不良品らしきものは一個も見つからなかった。これがどういうことかわかる？」

「そうか――犯人が仕込んだ不良品は、残らず買われていることになるんだ」

呑《の》み込みが早くて助かる。

「そもそもハンドメイドアクセサリーは、よほどの人気作家さんでもない限り、短い期間に完売するほど売れるようなものじゃない。手間をかけて不良品を仕込んだからといって、確実に買われる保証なんてどこにもないの」

「にもかかわらず、不良品は店頭に一個も残っていなかった。犯人は、人気作家や売れ筋の商品に的を絞って、確実に買われていきそうなものの中にのみ不良品を混ぜたってわけか」

「そういうこと。付け加えるなら、ほかにもたくさんの人が同じ商品を買っているから、誰が買ったか、というところから犯人を特定しにくい」

するとー誠は、眼鏡の山を押し上げた。

「なら方法はそれで決まりだ、と言ってもよさそうなものだけど。どうも、そんな感じじゃないね」

「私、ゆうべ思い返してみたんだけどね。今回クレームがついたみっつの商品を全部買ってくれたお客さんは、ひとりもいなかった気がするの。それどころか、ふたつだっていなかったと思う。もちろん、すべてのお客さんの買い物を完璧《かんぺき》に記憶しているわけじゃないから、絶対にいなかったとは言いきれないけど」

とはいえ、ハンドメイドアクセサリーのお店をやるにあたって、リピートしてくれるお客さんの買ったものや好みの傾向などを憶《おぼ》えておくのはとても重要なことなので、これについては自信があった。

「なるほど……となると、犯人は少なくともふたつ以上の商品を、よそで入手したことになるね。人気作家の商品なら、ぷらんたんの独占販売というわけではないんだろう。犯人はほかの店で商品を買い、それを不良品にしてぷらんたんの店頭の商品とすり替えたんだ」

「やっぱり、そこに行き着くよね。でもそれは、ふたつの点から否定されるの」

「ふたつ？」

首をかしげた一誠に、巴瑠は人差し指を立ててみせた。

「ひとつ。理香子さんは、アクセサリーを作り始めてまだ半年とちょっと。商品の取り扱いはぷらんたんのみ、ほかのお店では手に入らない」

「何だ、それは障害にならないよ。犯人はみっつの不良品のうち、理香子さんの商品だけぷらんたんで買ったんだ」

「じゃあ、そもそもどうして理香子さんの商品を狙ったの」

一誠が、レンズの奥の目をしばたたいた。

「確かに理香子さんの商品はこのごろ、よく売れてた。でも、もっと人気があって商品が買われる見込みの高い作家さんはほかにもいるんだよ。なのに理香子さんを狙ったことで、容疑者はぷらんたんで同じ商品を買ったことのある客に限定されてしまっている。犯人がみずからそんなリスクを冒すのは、おかしいんじゃないかな」

「論点がずれてるよ。なるほどきみの言うとおり、犯人の行動は理屈で考えれば不自然だ。だけど、現に理香子さんの商品は標的にされてしまったんだよ。動機のことは分けて考えるべきだし、いくら犯人の行動が不自然だとしても、それで先の説を否定する理由にはならない」

酔っているものとたかをくっていたけれど、思いのほか的を射た反論だった。ここはいったん引き下がったほうがよさそうだ。

「そうね。だけど否定すべき点はもうひとつ、こっちのほうが決定的なんだよ」

一誠はワイングラスを口に運んだ。話してごらん、ということだろう。

「マイカさんのペンダントはね、販売開始から数時間で売り切れた新作だった。しかもうちのお店だけ、他店よりも一日早く販売させてもらったの。そして完売後、あのSNSの投稿がなされるまで再入荷はしていない」

向かいの赤ら顔が、あぜん、という表情になった。

「それじゃ、不良品を仕込む隙《すき》はなかった、ということになるじゃないか」

そうなのだ。これこそが、もっとも不可解な点だった。

「販売開始直後に購入した人が、売り切れる前にお店に戻ってきた、というのでもない限りはね。言うまでもなく、そんなお客さんはいなかった」

「待てよ。犯人が二人以上いた、というのはどうかな。それなら、買った人と店に戻った人が同一人物とは――」

「犯人が複数いたのなら、手っ取り早くすべて自作自演にすると思うけど」

ひとりでは効果が薄いだろうけど、協力者がいるのなら、それぞれ買ったものが不良品だったと言い張るだけでも嫌がらせとしてはじゅうぶんだ。わざわざ店頭の商品とすり替えるという、不確実にして発覚のおそれもある方法を取る必要はない。

しかし今回、不良品を買わされたと主張した人たちの反応は三者三様で、統一感がなかった。しかもそのうちのひとりは、小学生なのだ。彼女たちがグルだと考えるのは無理がある――と言いきることはできないにしても、強烈な違和感がある。

「じゃあ、マイカさんの作品のみ、自作自演だったんじゃないか。それなら、犯人は例のSNSの投稿をしたアカウントの主で決まりだ」

「短時間で売り切れることが確実なマイカさんの作品は、自作自演の対象にするには向かないよ。だって、現に一誠がそう考えているように、不良品を仕込む機会がなかった以上、自作自演を疑うしかなくなってるじゃない。いくつも不良品を仕込めば、少なくとも私が誰かの嫌がらせの可能性に思い至ることは容易に想像がつくはずだから、そうなったとき真っ先に疑われるような真似を犯人がするとは思えない」

「犯人は逆に、不良品を仕込む機会がなかったのだから初めから不良品だった、と強弁するつもりだったんじゃないのかな。そう考えると、この人だけ返品に来ていないのも怪しく思える。うまく演技できる自信がなかったんだ」

「みっつも不良品を出しておいてそんな強弁、いまさら無意味だと思わない？　不良品を仕込む方法が思いつかないから自作自演だという結論に飛びつくのは、私には性急なように、もっと言えば犯人の罠《わな》にかかっているように思われてならない。いまは、本当に不良品を仕込むことはできなかったのか、慎重に検討すべき段階だよ」

「なるほど……しかしそうなると、まいったね。僕には犯人がどうやって不良品を仕込んだのか、まったくわからない」

一誠は、手のひらを天に向けた。

そのときの彼が意識的だったのか、それとも無意識だったのかまでは察することができなかった。けれども巴瑠は、彼の心の中にある思いを知って、傷ついた。

「ねえ、一誠。あなたいま、みっつとも本当に不良品だったんじゃないか、って思ったでしょう」

これには一誠も、ちょっと怒ったようだった。

「そんなこと、僕は一言も言ってないじゃないか」

「違ったとしたらごめんね。でも、そう思うのも仕方ないかなって。私でさえ、その疑いを完全には捨てきれていない。考えれば考えるほど、自信が揺らいでいくの」

一誠は口をつぐんでいる。

「この前、ガレージを出ていってほしいと言われたときにね。ふと、頭をよぎった言葉があって」

――潮時。

「どうしたんだよ。言ったじゃないか、お店はたたまないと決めたって」

うろたえる彼を見ていると、励まされているにもかかわらず、ますます自虐《じぎゃく》的な気持ちになるから不思議だ。

「あのときは、そう決めてたんだよ。だけど不良品だけならまだしも、子供にケガまでさせてしまって――」

あの子の背中を見たときに感じたことがよみがえり、声が震えた。

「真相がどうあれそのような事態を招いた私に、それでもお店を続ける資格なんてあるのかなって、昨日から何度も考えてしまうの」

「これが誰かの嫌がらせだとしたら、それこそ思うつぼじゃないか」

「だとしても、だよ。それはつまり、私やぷらんたんを憎んでいる人がいるってことでしょう。わからなくなるよ、本当にお店を続けるべきなのか」

理香子のような人のためにも、ぷらんたんをなくすことはできないと思っていた。だけどその理香子もまた、今回の件でアクセサリー作りをやめるかもしれない。山積みになった問題は依然、解決されないどころかますますうずたかくなっている。見上げるだけで、気が遠くなりそうなのだ。

――しょせん、お店屋さんごっこなのでしょう。

SNSで見た文言が刺さる。続けることとやめてしまうこと、どちらが《ごっこ》として後ろ指を差されるのだろう。どちらにせよ、か。

一誠が、ゆっくり首を左右に振った。呆《あき》れられたか、それとも失望されたか。この話題をやめにしたかったのだろう、彼はウェイターを呼び止めると、お会計、と彼にしては雑な口調で告げた。

外は相変わらず、しんしんと冷えていた。北山は瀟洒《しょうしゃ》な一帯だが、夜の人通りは多くない。爪先《つまさき》を見つめながら歩いていると、巴瑠、と呼ばれた。

向き直って、驚いた。

一誠に、正面から思いっきり抱きすくめられたからだ。

他人の目のある場所で、大胆な真似《まね》をする彼ではなかった。予想だにしない温《ぬく》もりはコートや肌や心の隙間に染《し》み込み、どうかすると泣いてしまいそうだった。

「きみが本気でお店をやめたいと言うのなら、僕は止めないよ」

「……うん」

「だけど、断言してもいい。何もわからないままで結論を下したら、必ずきみは後悔することになる。だから、納得いくまで調べよう。お店を続けるかどうかの判断は、そのあとでいい。それと」

言葉を選ぶような間があった。

「僕は知ってる。きみのお店には、たくさんのファンがいる。ここにもいる。そのことを、忘れてはいけないよ」

彼の腰に回した腕に、力が入った。いまだけは、顔を見られたくなかった。

悪意は人の視界を奪う。それまで見えていたはずのものが、突然見えなくなってしまう。

ぷらんたんを憎む人以上に、ぷらんたんを好きでいてくれる人がいる。だから、お店が四年続いた。自分の作品を否定する人以上に、気に入って買ってくれる人がいる。だから、ここまで作家として活動することができた。ハンドメイド作家としてもっとも根本的で大事なことを、危うく忘れるところだった。

それに、そう、たとえぷらんたんが続けられなくなったとしても、そのこと自体が問題なのではない。続けられないという判断に、納得がいくかが問題なのだ。

人の気配がして、二人はどちらからともなく離れた。一誠はそっぽを向いて頬をかいている。その仕草がいかにもぎこちなくて、つい噴き出してしまった。

再び歩き出したとき、お店をやめるやめないの話は、頭からきれいさっぱり消え去っていた。

「あくまでも、嫌がらせだと仮定するとして……どうやって不良品を仕込んだかという点については、ほとんど手詰まりなのよね」

「じゃあ、そこはいったん置いておこうか。視点を変えて、動機の線から容疑者を絞れないかな。こんなことをしそうな人物に、心当たりはないかい」

「んん、私が鈍いだけなのかもしれないけど、これといって心当たりは……一誠？」

そのとき一誠が、つと足を止めた。彼の両目は、いままでに見たことがないくらい大きく見開かれていた。

「いるじゃないか」

つぶやいた直後、彼は巴瑠の両肩をむんずとつかんだ。

「いるじゃないか！　こんなことをして、お店をやめさせる動機を持っている人物が──しかもその人になら、販売開始前の商品に不良品を仕込むこともできるんだよ」

「えっ？」

7

それから一週間は、何ごともなく過ぎた。何ごともない日々というのがどれだけ幸せなものなのか、巴瑠はしみじみと思い知った。

土曜日になっても、理香子はお店に顔を出さなかった。ぷらんたんで彼女の商品の委託販売を開始して以来、初めてのことだ。いまのところ連絡はないので、とりあえず販売は継続している。しかし、中止になるのは時間の問題かもしれない。

そして日曜日の夜、巴瑠の自宅にて。ノートパソコンの画面には、ぷらんたんの店内を見下ろすカメラの映像が映し出されていた——といっても、夜間であり明かりもついていないので、真っ暗でほとんど何も見えない。そんな、退屈の極みといった映像を、巴瑠は一誠と二人、並んでながめていた。

「——犯人は、大家の長谷川さんじゃないか」

それが一週間前、一誠が北山の路上で導き出した答えだった。

「何を言ってるの。あのご夫婦が、そんなことするわけないでしょう」

当然、巴瑠は反論した。そのような疑いを持つのは恩をあだで返すも同然だと、憤《いきどお》ってすらいた。だが、一誠は折れなかった。

「ここはいったん、私情を排して聞いてくれよ。まず、長谷川さんがきみに、ガレージを出ていってもらいたいと考えているのは事実だ。だけど、そのせいできみから恨めしく思われているかもしれないことも、長谷川さんは確実に認識している」

「恨めしく、だなんて……」

「完全に、そういう感情がないと言いきれるかい。いや、本音はこの際どうでもいいんだ。長谷川さんがどう感じているか、ということが重要なのだから」

巴瑠は口をつぐんだ。とっさに否定したものの、実際にそういう気持ちがなかったかと問われると、皆無だとは言いきれなかった。

「つまり長谷川さんにしてみれば、このままでは親戚《しんせき》でもあるきみを恨まれつつ追い出すという、あまり歓迎すべきでない事態を迎えると思っている。それを避けるにはどうすればいいか――ガレージの件よりも強力な理由によって、ぷらんたんをたたまざるを得ない状況に、きみを追い込めばいいんだ」

それがこの不良品騒ぎだ、と一誠は言う。

「事実、きみはついさっきも、お店を続けるべきかどうかで悩んでいたじゃないか。それこそが、狙いだったとしたらどうだろう。長谷川さんにはこの騒ぎを起こす動機があった、と言えはしないかな」

返事をするまでに、巴瑠はしばらくのあいだ、黙々と通りを歩いた。胸の中に立ち込める嫌な煙をすっかり払って、見るべきものを見えるようにするための時間が必要だった。

「……正直、私はいま、とても不愉快だと思ってる。あなたがそんな風に考えたことも、私が長谷川さんを疑わなければならないことも」

一誠が何か言いかけたのをさえぎって、でも、と続けた。

「あなたの言うことは、筋が通ってる。確かに、長谷川さんには動機と呼べるものがある。しかも、私以外に不良品を忍ばせることのできる唯一《ゆいいつ》の存在でもある、とも思う」

ぷらんたんでは閉店後も通常、商品は店頭に並べたままにしてある。また大家の長谷川夫妻は当然、ガレージの鍵《かぎ》を持っているので、巴瑠が不在の折には出入り自由となる。すなわち、不良品を仕込むのは、彼らにとってはわけもない。

「マイカさんの新商品は、前の晩から陳列してあったんだね」

一誠は、そこまで考えて発言していたようだ。巴瑠は小さくうなずいた。

「当日の朝はバタバタすると思って、前日の帰り際《ぎわ》に並べておいたの。長谷川さんになら、プラバンにヒビを入れておくことは可能だった」

むしろ、ほかに方法があるだろうか。事前の入手経路が存在しないので不良品を仕込む機会もなかったはずだという、一連の騒ぎにおける最大の謎《なぞ》に、一誠は説明をつけたのだ。

「だけど私、それでも長谷川さんがこんなことをしたとは思えない。思いたくない、だけなのかもしれないけど」

「だから、長谷川さんに対する疑いを晴らすためにも、きちんと確かめる必要がある。そうだね？」

一誠の眼差《まなざ》しは、巴瑠の意思を試すかのようだった。

「どうやれば、確かめられると思う？　つまり、長谷川さんたちの無実を証明するために、私は何をすればいいの」

「簡単だよ。まず、いまのところは退去後も何らかの形でぷらんたんを続ける意向であることを、長谷川さんたちにきちんと伝える。そのうえで毎晩、お店に隠しカメラをセットして帰ればいいんだ」

一誠の主張はこうだった。もし長谷川夫妻が犯人だった場合、まだ巴瑠がぷらんたんを続けるつもりだと知ったら、必ずまた不良品を仕込もうとするだろう。犯行は夜間など巴瑠が不在の隙におこなわれるに違いないので、その間は絶えず隠しカメラを回すようにすれば、不良品を仕込む夫妻の姿が映像に残るはずだ。

「逆に、夫妻の姿が映像にないにもかかわらず、新たな不良品騒ぎが起きてしまったら、そのときは長谷川さんの無実が証明される。犯人は別の方法で、不良品を仕込んだことになるんだ」

というわけで、巴瑠は定休の月曜日を準備に充《あ》てて翌火曜日、店頭の商品に不良品がないことを確認したうえで、一誠の言うとおりに隠しカメラを仕掛けて帰った。そして、翌日には前の晩の映像を回収してチェックする、ということをこの一週間、繰り返したのだった。

隠しカメラは小型かつある程度の長時間連続撮影が可能であれば、暗視などの機能を備えている必要はなかった。不良品を仕込む作業の際に、明かりをつけないとは考えられないからだ。映像はＳＤメモリーカードに記録されるので、カードを複数用意すれば毎日、撮影を続けながら映像を持ち帰ることが可能だった。

火曜から金曜まで、映像に不審なものは何も映っていなかった。そしていま、巴瑠は昨晩すなわち土曜日の夜の映像を、一誠と一緒にチェックしていた。お店の明かりがつけばすぐにわかるだろうから、早送り再生にしてある。

初めのうちは、映像を見るのにも緊張した。しかし三日も経《た》つと、徒労感がそれに勝るようになった。どうせ今日も、何も映っていないんだろうな。わざわざ一誠のいるときに映像を流しているのも、言い出しっぺの彼にこの虚《むな》しさを少しでも味わってもらうためだった――のだが。

「来た！」

一誠が声を上げると同時に、巴瑠は思わず居住まいを正した。

ついに、映像に変化が現れた。店内の明かりがついたのだ。

慌《あわ》てて再生を、通常の速度に戻す。長谷川宅の母屋《おもや》につながる扉が開いており、店内には長谷川チヅともうひとり、五十絡《がら》みの男性がいた。

「これは、誰？」

一誠の問いに、巴瑠は画面から目を離さないままで答える。

「長谷川さんとこの息子さん。大阪に住んでるって聞いてる。きっと、週末で帰省してたのね」

仕掛けたカメラは音も録《と》れるものだった。一誠がパソコンのボリュームを上げると、二人の会話が聞こえてきた。

「……ったく、何でガレージを店舗として貸し出したりしたんだか」

息子がため息交じりに言ったので、巴瑠は身を硬くした。

チヅは困ったように頰に手を当て、

「遊ばせとくのも、もったいないからねえ」

「素直にガレージとして貸しておけば、こんな面倒なことにはならなかったんだ」

「巴瑠ちゃんなら小さいころから知ってるし、安心だと思ったのよ」

息子は両手を腰に当て、いら立たしげにしている。

「あの子、もう三十過ぎだろう。こんな店なんか持ってたら、結婚しなくなるに決まってるじゃないか」

「そんなこと言われたって……」

「親戚でも噂《うわさ》になってるよ。あの子が結婚できなかったら、彼女の親は母さんたちを恨むだろうって」

息が止まるかと思った。

一誠が映像を止めるか音を消すかしようと、パソコンに手を伸ばすのがわかった。

止めないで、と巴瑠が言うと、彼は浮かせた手のやり場に困っていた。

「巴瑠ちゃんはひとりっ子なんだから、いい加減、親孝行させてやらないと。北川さんから、おたくのせいで孫の顔が見られなかったって責められても知らないよ」

「そうは言うけど、巴瑠ちゃんにも毎週、会いに来る男の人はいるのよ」

「だったらなおさらだよ。こんな店なんかやめさせて、背中を押してやるほうが彼女のためだ」

二人はガレージを出ていき、明かりが消された。不良品を仕込むなどの怪しい動きは、一切見られなかった。

「気にすることはない」

一誠の言葉は耳に届いていた。なのに、聞こえなかったみたいにつぶやいた。

「私、親不孝者なのかな」

一誠に、正面から両肩をつかまれた。

「しっかりするんだ。これまでにも散々、僕らで話し合ってきたじゃないか。あんな、何もわかっていないやつの言葉に翻弄《ほんろう》されるほど、きみが考えてきたことはやわだったのか」

巴瑠がターナー症候群であることは、親戚でもごく近しい人しか知らない。長谷川家の人々が知らずにいるのは無理もなかった。

「そうだよね……ごめん、ちょっとショックで。あんな風に思っている人が、すぐ近くにいたなんて気づかなくて」

一誠も無精子症を持ち、巴瑠と同じく自分の子供を残すのはきわめて難しい。ここで自分が折れるのは、彼をも否定することだ。まだ心は重かったけど、強《し》いて自分を奮い立たせた。

「でも、長谷川さんの息子さんは、親に孫の顔を見せないのが親不孝だって考えてるのね」

「古い考え方だよ。くだらない」

と、一誠は一蹴《いっしゅう》した。自分に言い聞かせるような響きも、少しは含まれていたように思う。それでもいまは、彼の強さがありがたかった。

その後の映像には、何も映っていなかった。SDカードを取り出してパソコンを閉じていると、一誠が訊《たず》ねてくる。

「明日はどうするんだい。お店、休みだろう」

「一応、カメラの映像は回収しておこうと思ってる。最大で二十四時間連続撮影だから、明日のお昼ごろお店に行けば、火曜日にお店を開けるまでは途切れず撮影できるはず。でも……」

「どうかした？」

「やっぱり、犯人は長谷川さんじゃないのよ」

すると一誠は、微苦笑を浮かべた。

「まだ一週間じゃないか。喜ぶべきことだけど、次の不良品騒ぎも起きていない。もうちょっと、粘ってみないか」

面倒だとか大変だとか感じるよりも、こんなことをこそこそやるのが精神的につらい。それに今日のように、見たくないものだって見てしまう。

だけど、これは長谷川夫妻の疑いを晴らすためでもあるのだ。一誠に説得され、巴瑠はひとまず次の一週間、辛抱を続けることにした。

8

翌週も、何ごともなく過ぎた。カメラには何も映っていなかったし、不良品騒ぎが起きることもなかった。

ただし動きはあった。土曜日に、理香子がぷらんたんへやってきたのだ。

「もう、アクセサリーの販売はやめようと思いまして」

彼女の出した結論は、すごく残念ではあったけれど、予期していたものだった。

「あんなことがあって、いろいろ考えさせられました。自分が自分である理由とか、存在価値みたいなものをずっと欲《ほっ》してたけど、わたしには愛すべき夫や息子がいて、それはやはりとてもすばらしく、幸せなことなんじゃないかって。誰かを傷つけてまで、躍起《やっき》になって手に入れようとしなくても、いまのままでじゅうぶんだって思えるようになったんです」

だから、この平凡な日常を大切にしたい。理香子の言葉に、巴瑠は心から笑うことができた。

「それは、とてもよいお考えだと思います」

トラブルを起こした責任を取ってやめるといった、後ろ向きな判断なら引き止めようとしたかもしれない。だけどそうではなく、理香子は今回の件で悩み、反省し、そしてまた顔を上げたのだとわかった。ならば、それは決して悪いことではない。

売り上げなどの精算は月末締めになってしまうと伝えたら、今日はとりあえずボックスの商品だけ引き取って帰る、と理香子は言った。裁縫で作られたかわいらしいいくつものアクセサリーが、ボックスからなくなっていくのを見たとき、巴瑠はなぜだか青春という言葉を思い浮かべた。短いあいだに、ほかでは味わえないたくさんの感情がぎゅうぎゅうに詰まっていて、過ぎてしまうと実にあっけなく、そして二度とは戻れない時代。もしかしたら理香子にとって、ぷらんたんはそんな場所だったのではないか、という気がした。

空になったボックスを感慨深そうに見つめたあとで、理香子は強がったような微笑で訊いた。

「最後に、お買い物していってもいいですか」

「ええ、もちろん」

答えながら、そういえば、と思い当たる。彼女はまだ、ぷらんたんで一度もちゃんと買い物をしたことがなかったのだ。つくづく不思議な関係だったけど、今日を境に彼女はれっきとしたお客さんになる。

じっくり時間をかけて、理香子はいつつの商品を選んだ。会計が済んでしまうと、彼女はあらたまってお辞儀した。

「お世話になりました」

「こちらこそ。またいつでもいらしてくださいね」

それと、気が向いたらアクセサリー作りも――とは、口に出さなかった。彼女が必要としていないものを、こちらから差し出すことはない。今回の騒ぎでの傷が癒《い》えたら、また取り組むこともあるかもしれない。でも、そんな日は来ないほうがいいのかな、とも思う。

お元気で、と互いに言い合い、理香子はぷらんたんを出ていった。

寂しいけれど、これでよかったのだ。色とりどりのアクセサリーが楽しげに並ぶ中で、ひとつだけぽっかり空いたボックスをながめながら巴瑠は、いまの私の心みたいだ、と思った。

何もかもが、元どおりになっていくようだった。

理香子の決断はひとつの象徴だった。こんな言い方はどうかと思うけど、不良品騒ぎの当事者でもある彼女がぷらんたんを去ったことにより、一緒に何か悪いものも連れていってくれたような気がしていた。

言うまでもなく、それは単なる思い込み、というよりそう思いたかっただけのことであり、現実は違う。けれども巴瑠にとっては、このまま次の不良品が出なければ、誰が犯人かはもうどうでもよくなりつつあった。長谷川夫妻が犯人であろうとなかろうと、ガレージを借り続けられないことに変わりはない。親戚からは親不孝者と見なされ、お店は嫌がらせを受け、しかも場所が変わるかもしれず、それでもなお続けていきたいかどうかはもはや自分の問題、自分自身ととことん向き合って答えを出していくしかなかった。

つかの間だと、わかってはいる。けれど何ごともない日常が、やっと帰ってきてくれたのだ――そう、思っていた。

次の週の水曜日。隠しカメラによる撮影は三週目に突入しており、今週末までで切り上げようか、などと考えていたときだった。

夕方で、女子高生の客がいた。何度か買ってくれたことのあるリピーターだ。いつものように商品を手に取って選ぶのをぼんやり見ていたら、彼女が突然、こちらを振り返って言った。

「あの、巴瑠さん、これ」

どうかした、と反応した時点では、まだ何が起きたのかを悟っていなかった。

「壊れてるみたいなんです」

はっとして、急いでカウンターを回って彼女のもとへ駆け寄った。

商品を受け取る。ティアドロップの形をした、色鮮やかなプラバンのイヤリング。その、金具との接続部分がぽっきり折れていた。

「あたしが壊したんじゃなくて……ただ、前に別のお店でも見かけて、いいなと思ったものだったから」

なぜか申し訳なさそうに言う女子高生に、巴瑠はこわばった表情しか返せない。

「大丈夫、わかってるから」

よっつめの不良品——それは、またしてもマイカの作品だった。

9

——そしていま、巴瑠は晴れた空の下を歩いている。

このごろはようやく、冬の張りつめた空気が緩んできた気がする。川沿いの並木は桜で、この時期はまだ寒々としているけれど、春が来ればそれは美しい景色が見られる。隣には一誠がいて、この外出の目的なんか忘れているみたいに、つないだ手をぶらぶらさせていた。

「本当に、お店を休みにしてしまってよかったのかい」

彼の気遣いに、巴瑠は首を縦に振る。

「どうせ、いつかは決着をつけなくちゃならない。それなら、早いほうがいいもの」

今日は日曜日。ぷらんたんは臨時休業にしてあった。週末は来てくれるお客さんも多いので、痛手といえば痛手だ。だけど、放置するともっと大きな痛手になることもある。

「そうは言っても、明日まで待てば……」

「相手方も、月曜日がお休みみたい。それに、どうしても一誠についてきてもらいたくて」

　そこまで言って、巴瑠は一誠の顔をのぞき込んだ。

「ごめんね。せっかくの週末に、こんなことに付き合わせちゃって」

　考えてみれば、彼が仕事を休める週末になると巴瑠はお店が忙しく、普段は夜以外、一緒の外出もままならない。よく恋人でいてくれるものだ、と思う――それは、お互いさまなのかもしれないけれど。

　一誠は、かまわないよ、と言った。

「きみがそうしたいって言うのなら、それはとても大事なことなんだろう。僕なんかでよければ、いくらでも付き合うよ」

《ごめんね》を、《ありがとう》に言い換えた。彼の言うとおり、二人でのこの外出は、自分にとってとても大事なことなのだった。

「それにしても――どうして犯人がわかったんだい？」

　一誠が訊ねる。まだ、かいつまんでしか事情を話していなかった。

　巴瑠は自分のたどってきた道を、もう一度たどり直すようにして語る。

「よっつめの不良品が見つかった日、私はまず、カメラの映像を確認したの。案の定、そこには何も映っていなかった」

長谷川夫妻は、やはり潔白だった。

「次に私は、不良品を見つけてくれたお客さんの台詞《せりふ》を思い出した。より正確に言えば、耳にした瞬間に気になったその発言を、もっと詳しく吟味してみることにした」

――前に別のお店でも見かけて、いいなと思ったものだったから。

「うちのお店に仕込む不良品にするための商品を、犯人が別のお店で購入した可能性については、私たちもこれまでに検討してきた。だけど、そう考えるにはひとつ大きな疑問があった」

「マイカさんの新作が、ぷらんたんだけで先行販売したものだったことだね」

「そう。同じ商品をあらかじめ入手する方法がなければ、売り切れるまでの数時間のあいだに不良品を仕込むことなんてできない。だから私たちは、大家の長谷川さんに疑いの目を向けざるを得なかった。――でも、あのお客さんの発言でやっと気づかされたの。ほかのお店でも、新作を事前に入手できる――いいえ、ほかのお店で新作を事前に入手できる立場の人がいる、って」

巴瑠は、自身の胸に手を当てた。

「それは私と同じ、アクセサリーショップの店員」

マイカの新作をぷらんたんで先行販売したのは、一日だけだ。翌日には他店でも、同じ商品を売っていたはずなのだ。であれば入荷の時期に大きな違いがあったとは思えない。他店の店員にならぬ、ぷらんたんで販売を開始するより早く、マイカの新作を手にできた可能性がある。

「そこで私は、マイカさんに連絡を取った。そして、前回の不良品も含めてマイカさんに過失がなかったことを伝えるとともに、問題の新作を卸したお店の名前を訊いてみたの」

マイカはすぐに、委託販売先のリストを送ってくれた。それによれば、問題の新作を販売したのはぷらんたんを除いて三店舗だった。

「私はひとまずその三店について、インターネットで情報を集めてみた。――そして、そのうちの一店に関するある事実を知って、本当に驚いた。同時に、確たる証拠はないけれど、これで犯人は決まりだろう、って」

わかってみれば、思い至らなかったのが不思議なくらいだった。犯人が備えていなければならないはずの条件を満たす行動を、その人物は取っていた。

説明は簡潔に済ませたつもりだったが、一誠は何やら難しい顔をしていた。

「要するに、今回の騒ぎはライバル店の営業妨害だったってこと？」

「そうとも言えるかもしれないけど……たぶん、そんなに単純な話ではないんだと思う。とにかく、いまから本人に確かめてみる」

　そして、巴瑠はある建物の前で足を止めた。

　京阪電鉄出町柳駅から、歩いて十分ほど。オープンはいまからおよそ一年半前。通りに面したガラス張りの壁の向こうに見える内装は、ナチュラルさを意識したぷらんたんとは異なり、スタイリッシュでお洒落《しゃれ》だ――しかし目下、客はひとりもいないようだった。

　ハンドメイド雑貨店『ペスカ』。扉の脇《わき》に置かれた看板には、かわいらしい桃の絵が描かれていた。

　このお店へ来るのは今日が初めてだ。奥のほうに立つ店主の姿が見えるものの、何かの事務作業中らしく、目を伏せたままこちらを見ようともしない。巴瑠はつないでいた手をほどき、いったん深呼吸をしてから、一誠に告げた。

「今回のことで私、いかに自分が甘かったか、覚悟がなかったかを思い知らされた。何度も迷ってしまったけど、そのたびにあなたが引き戻してくれたから、いまここにいる。あなたがいなければ、もっと早くに逃げ出していたかもしれない」

　僕は何も、と一誠は応じる。巴瑠は続けた。

「もう、腹をくくったつもり。だけど、それでも間違えてしまうことはあると思う。

いまだって私、ものすごく感情的になってる。これから起きる出来事の中で、間違ったことを言わない自信はない」

店主がつと、顔を上げた——そして、凍りついた。

「だから、もし私が間違っていると感じたときは教えてほしい。そして、私の覚悟を正しく導き、見届けてほしい。そのために今日、付き合ってもらったの」

信じているから、返事は要らない。扉に手をかけ、力を込めて開いた。

店主は口を半開きにしたまま、何も言えないでいる。一誠が自分に続いて入店するのを気配で確認したのち、巴瑠は店主に向かって告げた。

「説明してもらえますか。私の勧めでアクセサリー作りを始めて、まだ一年にも満たないはずのあなたが、どうして一年半も前からこんなお店を開いていたのか」

ペスカの店主——百田理香子の両腕が、力を失ってだらりと垂れた。

10

長い沈黙のあとで、うらやましくなってしまったの、と理香子はつぶやいた。

「その言葉は、前にも聞きましたよね。家庭での役割を果たすだけでは自分の存在価値がよくわからず、アクセサリー作りで自己実現をしている人たちがうらやましくなった、と」

巴瑠は言う。理香子がぷらんたんで涙を流したのがきっかけで、親しくなった日のことだった。

「でも理香子さん、本当はあのとき、あなたはすでにハンドメイド作家として成功し、自分のお店を持つまでになっていたのですよね」

マイカからもらったリストの中で、ペスカという店名には聞き覚えがあった。調べてみると、店主である百田理香子の情報が出てきた。彼女は作家として人気を集めたのち、一年半ほど前に満を持してこの出町柳に、ハンドメイド雑貨店をオープンさせたらしい。Pescaはイタリア語で桃の意味。苗字《みょうじ》の《百田》とかけてあるのだろう。

巴瑠から目を逸《そ》らしたままで、理香子はとつとつと語り出す。

「……あの日、わたしが痛烈にうらやましいと感じて、涙を流したのは本当です。でも巴瑠さんに語ったのは、そのときのわたしの心情ではなかった」

「そうではなくて過去、実際に味わったものだった、と？」

「はい。五年くらい前のわたしが、まさしくあの状態でした。家事と慣れない育児に追われ、わたしの存在価値って何なんだろう、ここにいるのがわたしである必要はどこにあるのだろう、と……まだ、息子も一歳になるかならないかのころだったのに」

育児ノイローゼに近かったのかもしれない、と彼女は言う。病院で診断をもらったわけではないようだ。

「そんなときに、ひょんなことからハンドメイドアクセサリーと出会って。子供が寝たあとなどのわずかな時間で作り始めて、あっという間にのめり込みました。昔から裁縫は好きだったので、子供や学生向けのかわいいものを作って、試しに売ってみたんです。そしたら、たちまち人気になりました。それでわたしはようやく、存在価値が見つかった、ここに居場所があったと思って——あのころのわたし、とても幸せでした」

同時に、理香子はある種の使命感を覚えるようになった。自分と似たような虚しさや寂しさを感じている人が、きっと世の中にはたくさんいる。そういう人たちに、モノを作って売る喜びを教えたい。そのための場所や機会を提供できるようになりたい。

「夫に話したら、それはいい考えだ、応援するよと言ってくれました。彼は決してハンドメイド雑貨に明るいわけではありませんでしたが、稼ぎは多いので、資金は潤沢にあったのです。アクセサリー作りを始めてからのわたしが見違えるように生き生きしたのを目《ま》の当たりにしてきたから、好きにやらせてあげたい、と思ったのでしょうね」

それから理香子は、自身の商品のメインターゲットとなる学生が多く住む場所であることなどを考慮し、出町柳に店を出そうと決めた。美容院が潰《つぶ》れたあとの空きテナントを借り、建築士の夫と相談しながら内装に手を加え、そしてペスカは一年半前、オープンした。しかし――。

「全然、だめだった。お客さんは来てくれないし、商品はちっとも売れなかった」

オープン当初こそ、ものめずらしさに立ち寄ってくれる客はいた。けれども何がいけなかったのか、これまで売れていた自分の作品や、ほかの人気作家の商品を陳列しても、驚くほど売り上げが伸びなかった。そのうちに、客足そのものが途絶え始めた。

「三、四ヶ月も経つころには、ほとんど開店休業状態に陥っていました。これではいけないと思い、わたしはそれまで重視してこなかった、他店のリサーチに乗り出しました。京都府下の、あらゆる人気雑貨店に足を運んで……ときには他府県へも足を延ばし、自分の店と何が違うのかを調べていったのです」

そんなときだった。彼女が、ぷらんたんと出会ったのは。

「衝撃でした。あんなに小ぢんまりとしてて、アクセスこそ悪くないけど場所だってわかりやすくはなくて。でも、三年にもわたって順調に経営してきたようだったし、

SNSを見る限りではお店のファンも多かった」

その印象には、いくらか買い被《かぶ》りが混じっている。実際は、いまのガレージを出たらお店を続けられなくなるかもしれないくらい、ぎりぎりの経営状態だ。それでも、お客さんがお店を気に入り、また何度でも来てくれるよう、巴瑠は試行錯誤してきた。

「何よりも、とても悔しいけれど……ぷらんたんに足を一歩踏み入れた瞬間、わたしははっきりと、このお店が大好きだと思いました。認めたくなくても、そう思ってしまったのです。――憶《おぼ》えていますか？　わたしがぷらんたんで泣いてしまった日、ペスカなんて全然だめ、ぷらんたんのほうが理想的だって言ったのを」

「憶えています」だから、ペスカという店名に聞き覚えがあったのだ。

「あれは、偽らざる本心でした。何度も繰り返しぷらんたんを訪れ、このペスカを少しでもよくしようとして……それでもまたぷらんたんへ行くたびに、まるで敵《かな》わない、と打ちのめされるんです。わが子も同然だと思っていたこの店を、わたしは愛せなくなっていた。育児ノイローゼに近かったあの時期に、息子に対する愛情が薄れたように感じてしまう瞬間がありました。それとよく似た思いを、わたしは自分の店に対して抱いたのです。悲しくて、みじめで……だから、泣きました」

あの日、ペスカについて理香子は「行かなくて正解」という言い方をした。あらためて考えると、その表現は穏当でない。しかし、いまならわかる。彼女は巴瑠に、ペスカに行ったことがあるか探りを入れつつ、なければ今後も足を向けてほしくなかったのだ。どういう感情からか──嫉妬《しっと》なのか羞恥《しゅうち》なのかは知らないけれど、巴瑠と話し始めた瞬間に彼女は、自分がペスカというお店をやっている事実を伏せることに決めたから。

「リサーチなどの甲斐《かい》もなく、ペスカの売り上げは伸びませんでした。はっきり言って、わたしはたかをくくっていたんです。自分のアクセサリーがこれだけ売れるのだから、店を開いてある程度の売り上げを確保するのは難しくないだろう、と。本当に、甘かったと思います」

ＳＮＳに《お店屋さんごっこ》と書かれたことを思い出す。あるいは、長谷川の息子に《こんな店なんか》と言われたことを。巴瑠にとっては《ごっこ遊び》のつもりなど毛頭ないし、それは理香子にしたってそうだろう。だが、ハンドメイド作家は近年販売しやすい環境が整うなどし、ようやく職業として成立するようになってきたところで、安定した売り上げを出して職業と認められるのは容易ではない。ましてお店をやるとなると、部外者に軽んじられないくらいの利益を確保し続けることは生半可ではなく、巴瑠も自分の甘さを痛感したばかりだ。理香子も認めるとおり、彼女の考えは甘い。あまりに甘い。

「巴瑠さんに素性を隠したのにはさまざまな理由がありましたが、店の経営に役立つ情報を引き出せないかと思ったのもそのひとつでした。だけど、何の疑いも持たず優しく接してくれる巴瑠さんに、またぷらんたんそのものに、しだいに何と言ったらいいか、ある種の感情が芽生えてきて――」

「憎しみ、ですよね」巴瑠は断定した。「だからあなたは、うちのお店をめちゃくちゃにしようとしたのですね」

理香子はうつむいたきり、なかなか口を開かなかった。鼻をすする音がし始めたのを、巴瑠は醒《さ》めた思いで聞いていた。

「……そんなことしたって、何にもならないとわかってました。たとえぷらんたんのお客さんが減ったり、お店自体がなくなったりしたところで、うちに人が流れてくるわけでもないのに」

一誠は先ほど、今回の不良品騒ぎを、ライバル店の営業妨害と表現した。しかし巴瑠のにらんだとおり、それは自分のお店に利するためではなかった。ときに人は、自分よりうまくいっている誰かを見かけると、つい足を引っ張りたくなる。それによって自分が得するどころか、場合によっては損するおそれすらあるのに、どうしても他人の成功が気に食わないのだ。

「いつごろから、不良品の混入をたくらむようになったんですか」

「巴瑠さんに、アクセサリーの委託販売を勧められたときです」

理香子は答えた。不良品騒ぎの犯人であることを、ついに否定しなかった。

「最初は、自作の商品に不良品を混ぜてお店の看板に泥を塗ってやろう、くらいにしか考えていませんでした。でもすぐに、わたしならこの立場を利用して、もっと大きなダメージを与えられると気づいてしまった……そこからは、取り憑《つ》かれたようでした」

無責任な言い方だ、と思ったけれど、聞き流すことにした。

「理香子さんの商品、人気が出るはずですよね。過去に実績があり、どういったものならお客さんにお買い上げいただけるのか、知り尽くしていたわけですから」

理香子はかぶりを振る。

「でも、ペスカでは売れませんでした。苦肉の策として、人気作家さんにこちらから積極的に委託販売を呼びかけてみましたが、成果は微々たるものでした。お客さんの嗜好《しこう》なんて、わたしには全然わかっていなかった」

しかし、その人気作家の商品を仕入れていたことが、今回の騒ぎには大きく影響した。引き金になった、と言い換えてもいい。

「あなたは定期的にぷらんたんを訪れ、自分のお店でも仕入れている商品を探した。そして次の来店時に、店内を見て回るふりをしながら、持ってきた不良品を店頭の商品とすり替えた」

　定期的にぷらんたんを訪れていたというのは、今回の不良品騒ぎの犯人たりうる条件のひとつだった。

「土曜日を選んでいたのは？」

「土曜日なら、夫がこの店を見てくれるからです。それに、ぷらんたんも土曜日のほうがお客さんが多いだろうから、巴瑠さんにすり替えの瞬間を目撃されるリスクを下げられる。不良品が早く買われやすい、というメリットもありました」

　なるほど、と思わされた。理香子の説明は、計画が念入りであったことを裏づけていた。

「とりあえず一度、試しにやってみたところ、成功したようではあったものの、わたしからは反響がわかりませんでした。そこで次は、より注目度の高いマイカさんの新作を標的にしました。結果は期待以上でした。ＳＮＳでぷらんたんが非難されているのを、はっきり確認できましたから」

「しかも、ぷらんたんだけの先行販売だから、新作に不良品を混ぜるのは不可能だと思えてしまう。それは取りも直さず、本当に初めから不良品であったと受けとられることを意味します。あなたがもし、あそこで満足していたら、私は誰かの嫌がらせだなんて勘づかなかったでしょう」

「そうですね……でも、味を占めた、とでも言うのでしょうか。わたしはもう、もっと大きな騒ぎを起こすことしか考えられなくなっていました」

それで、自身の商品の中に針を仕込んだ。子供が手に取る可能性も低くないものであると、自分でわかっていたはずなのに。

さっき、取り憑かれたと言った理香子のことを、無責任だと感じた。しかし、彼女は本当に、何かに取り憑かれていたのかもしれない。そう思ってしまうくらい、ぞっとする所業だった。

「理香子さんの商品は、他店では売ってないことになっていました。その中に不良品を仕込めば、犯人と考えられる人物の幅はせばめられます。すなわち、ぷらんたんで同じ商品を買ったお客さんか、それ以外に商品を入手する方法のある人、たとえば作家自身など――それでもあえて、自身の商品を不良品にしたのはなぜ？」

「騒ぎを大きくしたかったから、というのもあります。ただ、三件も不良品が連続すれば、さすがに何かおかしいな、と巴瑠さんが感じるおそれはあるでしょう。そこで当の作家であるわたしが、不良品を作ってしまったかもしれないことを認め、必死になって謝罪すれば、巴瑠さんの抱く違和感を薄れさせられると考えました」

「あいにく、違和感は消えませんでしたけどね。でも私、あの謝罪の様子を目の当たりにしながら、あなたを疑うなんて思いもよりませんでした。とても演技には見えなかった」

「それは、演技ではありませんでしたから」

理香子は苦笑した。皮肉にも、今日初めて見た彼女の笑みだった。

「せいぜい指にちくりと刺さるくらいのものだろうと思ってました。まさかあの子、首にケガをするなんて。一歩間違えれば、恐ろしい悲劇になっていたかもしれない……わたしも人の親ですから、本当に申し訳なくて、あのくらいしないと気が済まなかったのです。さすがに後悔して、もうこんなことはやめよう、ぷらんたんからは身を引こう、と考えるに至りました」

それでも彼女は最後に、再びマイカの商品を狙《ねら》って不良品を仕込んでいる。人にケガをさせるようなものでこそなかったが、この執念深さは病的だ——いかにも不自然で、取ってつけたような最後の一撃。彼女はそれで、身を滅ぼした。最初のうちははたらいていた理性も、もはやたがが緩んでいたとしか思えない。

巴瑠の後ろに控えていた一誠が、思わずといった感じで身を乗り出した。その気配だけで、ほとんど怒った姿を見せたことのない彼のはらわたが煮えくり返っているのがわかった。

けれども巴瑠は、さっと手を伸ばして一誠を押しとどめた。そして、理香子に向かって一歩、踏み出した。とっさに彼女が退いたので、さらに一歩、もう一歩と、壁際に押しやるようにして近づいた。

「私、あなたを許さない」

理香子の顔は、血が抜けきったみたいに青ざめている。

「あなたが私の大事なお店をめちゃくちゃにしようとしたこと、絶対に許さない。たぶん、一生許さないと思う。でも――」

巴瑠は、理香子の体に両腕を回した。そして、ありったけの力を込めて抱きしめた。

「わかるよ。あなたの気持ちがわかる。だって私も、あなたのことが本当にうらやましかったから」

理香子は抱擁から逃れようとしたけれど、巴瑠は彼女を放さなかった。彼女の耳元に口を寄せ、ささやく。

「よく聞いて。私はね、自分の子を授かることができないの。生まれつき、そういう体質なの」

理香子が息を呑《の》む。

「手に入らないものをうらやんでもどうしようもないってこと、これまでに嫌というほど思い知らされてきた。だから極力、うらやましいと思わないようにしてる。人は人、自分は自分。——だけどね、本音を言うと、うらやましくて仕方がないよ。あなたに、愛する息子がいるという事実が」

自分の存在価値がわからないと嘆いた理香子を、ぜいたくだと思った。それからすぐに、その思いをみずから否定した。人それぞれ、価値観や考え方の違いはあるだろう。子供を持たなくても幸せにはなれる。体に何の問題もなくても、子を持たないという選択をする人もいる。何がいいとか悪いとか、優れているとか劣っているとかいう話では、まったくない。

ここにあるのはただ、自分がどう思うか、どう感じるかということだけだ。そして、巴瑠は思ってしまうのだ。うらやましい、と。私も自分の子供が欲しかった、と。

「わからなくなってしまうこともあるでしょう。だけど、あなたはいろいろなものを持ってる。私だってそう。決して手に入らないものを、ときに狂おしいほどうらやみながら、手に入れたものを大事にしてきた。あのお店は、ぷらんたんは、私にとってそういう場所なの」

理香子が小さな声で、ごめんなさい、とつぶやいた。巴瑠は、それを無視した。

「だから、絶対に誰にも壊させたりなんかしない。たとえ形を変えることがあっても、私が大事だと思い続ける限り、必ずこの手で守っていくから」

抱擁を解くと、理香子はその場に崩れ落ちた。腕にしびれを感じつつ、振り返る。

意外にも、一誠はちょっと楽しそうな顔をしていた。

「最後にひとつだけ、いいこと教えてあげる」

理香子のほうに首を回して、告げる。

「私、いまのお店の場所を借りている人から、出ていってほしいと言われているの。はっきり言って、ものすごく困ってる」

おびえた小動物のような目で、理香子は巴瑠を見つめている。

「だけどね、見てて。私、ぷらんたんをなくしたりはしない。どんな手を使ってでも、守ってみせる」

ペスカを出る。陽射《ひざ》しがまぶしかった。

「どうかな。私、間違ってなかった？」

隣を見ると、一誠はニヤニヤしていた。

「大丈夫。さっきのきみ、なかなかのもんだったよ」

「それ、どういう意味よ。もしかして、ちょっと引いてる？」

「まあ正直、あの迫力にはぞっとしたけどね。――でも、かっこよかった」

うれしいやら、照れくさいやらで、巴瑠は気がついたら噴き出していた。そのまま二人、肩や背中を叩《たた》き合って大笑いしながら、通りを歩く。

一誠には、きっと伝わったことだろう。迷ったり、弱気になったりもしたけれど、いよいよ覚悟が決まった。最後に理香子に伝えたあれは、一誠に対する、あるいは自分自身に対する決意表明でもあった。

――何としても、私はぷらんたんを守る。

11

〈もしよかったら、居抜きで入りませんか〉

その文言を目にしたとき、巴瑠は少なからず驚いた。

日は流れ、二月も終わりを迎えていた。巴瑠はマイカらと話し合い、一連の不良品騒ぎがすべて人間関係のトラブルを発端としたものであり、作家に非がなかった旨《むね》を公表した。作家に、というのは、販売した側としてぷらんたんには責任がある、ということを意味している。

ＳＮＳ上では非難から一転、ぷらんたんに対する同情の声が多く寄せられた。一時的な現象ではあろうが、来客もにわかに増えた。悪評による被害は、ほとんど回復できたと言ってよかった。

ケガを負った女の子の母親には、事情を話して理香子の連絡先を伝えた。それ以降、巴瑠のもとに治療費の請求等の連絡は来ていない。事後処理としてはそれで終わりで、巴瑠は理香子を訴えたりはしなかった。事情聴取されるようなこともなかったから、あの母親も警察沙汰《ざた》にまではしなかったようだ。

そうしてようやく一段落した折、理香子からメールが届いたのだ。

送り主を認めた瞬間は、いまごろ何の用だろう、と緊張した。開封してみると、そこにはペスカを閉めることにした、という報告が記されていた。

〈巴瑠さんと話して、わたしにはこんなお店、とてもじゃないけどやっていけないと思いました。きれいさっぱりあきらめて、家庭を大事にします〉

意地だったのか、謝罪の言葉は一言もなかったけれど、それでもメールしてきたことに、巴瑠はかえって誠実さを感じた。いまさら「ごめんなさい」なんて言われても、殊勝に見せたいだけとしか映らなかっただろう。それに、あんなことを話して同情されたみたいで、みじめな気持ちになったかもしれない。

全体的に感情というものをあまり読み取れない、淡々とした文章だった。そんなメールの末尾に、ついてはあの場所が空きテナントになるので、もし移転先が見つからないのであれば居抜きで入ってはどうか、と書かれていたのだ。

〈来ていただいたのでおわかりかとは思いますが、雰囲気は現在のぷらんたんと異なるものの、ハンドメイドアクセサリーを販売するための設備はひととおりそろっています。イニシャルコストは最小限に抑えられますし、家賃も決して高くはありません〉

理香子なりに、巴瑠の行く末を案じ、また罪滅ぼしをしたかったのだろう。

彼女が差し伸べている手を、振り払いたいわけじゃない。けれども巴瑠は、次のように返信した。

〈お店のことは、自分で何とかしますから〉

もう、決めたのだ。しっかり考え、話し合って、ひとつの結論を出したのだ。

三月のある日の仕事終わり、巴瑠はお店を閉めると母屋《おもや》のほうへ回り、長谷川宅のインターホンを鳴らした。玄関まで出てきたチヅに、告げる。

「——折り入って、お話があります」

面食らった様子のチヅに招き入れられ、居間で夫妻と向かい合う。座布団《ざぶとん》を断って畳に正座し、頭を下げた。

「こちらのお宅と土地をお売りになるのであれば、どうぞ私に買わせてください」

これが、一誠と話し合って出した結論なのだった。

一誠と結婚し、彼の名義でローンを組む。二人でこの家に住み、ローンを返済しながらお店を続ける。いくら考えても、それ以上の案は浮かばなかったのだ。

どのように取りつくろったとしても、お金のために結婚するという事実は揺るがない。当然ながら、巴瑠だってそれをよしとしたわけではなかった。でも、何もかもを思いどおりにするのは無理なのだ。大事なものを守るためには、ほかの何か、たとえば価値観や考え方を、犠牲にするしかない場合もある。巴瑠は一誠に頭が上がらないし、その思いはこの先もずっと抱えていくことになるのだろうな、と受け止めていた。

夫妻から、返事はなかった。おいそれと受け入れられる話ではないとわかっていた。

しかし、しばらく顔を伏せたままにしていても反応がない。

仕方なしに、頭を上げる。夫妻はどこかばつの悪そうな顔をしていた。申し訳ないとか、気の毒だとかいった感じではない。どちらかといえば、笑い出す直前と表すほうが近かった。

「そのことなんだけど……ごめんなさいね、巴瑠ちゃん。話すのが遅くなってしまって」

「はあ。と、言うと」

「実はね。この家を売りに出す話、なくなっちゃったの」

ぽかんと開いてしまった口を、閉じるのに難儀した。

「どうしてですか。だって、息子さんと一緒に住むって」

「それがねえ、息子がこの春からきゅうきょ、仕事で海外に赴任することになったのよ。二年間、中国に住まなきゃいけないんですって」

それはまた急な話である。

「単身赴任で、お嫁さんと孫はこっちに残るそうよ。だけど肝心の息子がいないのでは、同居も何もあったもんじゃないでしょう。夫も足腰が悪いとはいえ、まだ自分たちで生活できないほどではないからということで、とりあえず同居は先延ばしになったの。だから最低でもあと二年、私たちはこの家に住むわ」

完全に、晴れ渡ったわけではない。だけど巴瑠の心に立ち込めていた雲が切れ、薄く陽が差したような気がした。

「それじゃあ、私――」

「よければガレージ、引き続き使ってちょうだいね。二年後にまた、同じような話をするかもしれないけれど」

チヅはにこにこ笑っている。賢三の顔にも、歓迎の色が浮かんでいた。

「……ありがとうございます」

体の力が抜ける。要するに、夫妻も巴瑠を追い出すことに乗り気だったわけではなかったのだ。息子と同居するうえでやむなく、というのが本心で、カメラがとらえていたあの息子の暴言にも特に同調してはいなかったのだろう。

何もかも解決したわけじゃない。だけど、少なくとも二年間はここにいられることが決まった。たった三ヶ月で出ていくのとはわけが違う。しっかり計画を立て、しかるべき準備をするにはじゅうぶんな期間だ。それとわかったら、明日からまた忙しくなる。

「今後とも、どうぞよろしくお願いします」

「こちらこそ。お店、がんばってね」

チヅと握手をしながら、巴瑠は確信めいた思いを抱く。

きっと、大丈夫。私はこれからも、ぷらんたんを守っていける。

12

そして――。

桜が咲いた午前の京都御苑《ぎょえん》を、巴瑠は一誠と手をつなぎ、歩いていた。

「家を買うかどうかとは関係なしに、僕はいつでもきみと結婚したいと思っているんだけどな」

一誠はちょっぴり残念そうに言う。差し当たっての心配事が解消されたことを、彼は大いに喜んでくれたあとで、それはそれとして、と本音を漏らした。

「ありがとう。そんな風に思ってくれて、うれしいよ」

巴瑠は微笑《ほほえ》む。もちろん、こちらも本音だ。

「でも、この何ヶ月か、ちょっといろんなことが起こりすぎたから。落ち着いたらまた、あらためて考えさせて」

「そうだね、ゆっくり考えるといいよ。いつまでも、待ってるから」

苑内には、桜のほかにもさまざまな花が咲いている。ユキヤナギ、ハクモクレン、モモ。コブシは真っ白で見応《みごた》えがあり、アセビはかわいらしく、ハナミズキもつぼみがほころび始めている。どの花もそれぞれに美しく、ながめながらのんびり歩いているだけで、清々《すがすが》しい気持ちになれる。

「あのね、一誠」

隣の顔を見上げると、一誠もこちらを向いた。「何？」

それは、好きな曲が流れたらつい歌い出したくなるように、自然に口をついて出た言葉だった。

「私、いま、とっても幸せだよ」

つないだ彼の手に、力が入る。眼鏡の奥の目が、細められた。

「うん。僕もだ」

風はまだ少しひんやりとして、それが心地よい。御苑を出て、路地に入り、二人はぷらんたんに到着した。

間もなく午前十一時になる。開店の時間だ。一誠と協力してお店の中に問題がないかをチェックし、立て看板を通りに出す。

「さて、と。それじゃ、張り切っていきますか」

日曜だから、忙しくなるだろう。望むところだ。今日も、ひとつでも多くの商品を、大事にしてくれる人に届けなくっちゃ。

　空を見上げる。陽射しがぽかぽかと暖かい。どこからともなく、メジロのさえずりが聞こえてくる。

　ぷらんたんに、春がやってきた。

参考文献

『成人ターナー女性 ―ターナーとして生きる―』 藤田敬之助 甲村弘子 メディカルレビュー社
『オリジナルアクセサリーのつくり方&売り方』 くりくり編集室編 二見書房
『もっと売れっ子ハンドメイド作家になる本』 たかはしあや ソシム
『一時間でできちゃう! はじめて作るかわいいアクセサリー』 ブティック社
『はじめてのイヤーアクセサリー』 辰巳出版

なお本書の執筆にあたっては、京都市烏丸丸太町のハンドメイド雑貨店『SHOP peaberry』さんにご協力いただきました。また取材でお会いしたアクセサリー作家の皆さまにも、貴重なお話を聞かせていただきました。この場を借りて御礼申し上げます。

暴《あば》いて、選り分けて、見つけるもの

彩　瀬　ま　る

かねてから岡崎琢磨さんの小説を読むたび、どこか綿密な印象を受けてきた。ミステリーの仕掛けが巧みなのはもちろんとして、それ以外の、例えば登場人物の内心や、その人物がなぜ謎《なぞ》を生じさせるような行動をとったのかという部分に関して、ふと印象に残るほど描写の目が細かい。それなのに語り口は軽快で、ストレスがない。軽快なのに、綿密。かけ離れて感じる二つの要素を併せ持つ、不思議な小説を書く方だなと思っていた。

『春待ち雑貨店　ぷらんたん』は、京都御苑《ぎょえん》の近くにある小さなハンドメイド雑貨店「ぷらんたん」を舞台にした連作小説だ。

物語のキーパーソンとなるのは、ショップの経営者であり、アクセサリー作家でもある北川巴瑠《きたがわはる》。彼女は自身を「多くの人が思い描くような、普通の女性ではない」と感じ、ある体の特徴を、恋人の桜田一誠《さくらだいっせい》にも秘密にして暮らしている。しかし付き合って半年が経《た》った記念日に――たったの半年、と少なくとも巴瑠は感じた年月で――思いがけず一誠からプロポーズされた。

自分から秘密を打ち明けるタイミングを逃したままプロポーズされたことで、巴瑠は返事を保留せざるを得なくなる。そして、自身がこれまで孤独に抱えてきた運命を誰かと分かち合うか、否《いな》か、決断を迫られることになった。

ここまでの筋立てに、分かりやすいミステリーの仕掛けは一つもない。なくとも、北川巴瑠という、千人から二千人に一人と言われるある体の特徴をもった女性の葛藤《かっとう》を、ついついのめり込んで読んでしまう。彼女が運命を一誠と分かち合うことにしても、しなくても、十分に読者にとって満足のいく結末にたどり着きそうな、気迫のある物語だ。

しかし岡崎さんは、この物語の最後に、小さな謎を仕掛ける。

ミステリー小説の一つのジャンルとして、殺人や悪質な犯罪などの絡《から》まない、一般的な生活の中で生じる小さな謎を解き明かす「日常の謎」というジャンルが存在する。岡崎さんはこの「日常の謎」の名手だ。

なぜ、ミステリー小説は謎を解くのだろう。

実は似たような会話を、あるホラー作家と交わしたことがある。

「結局なんでホラーって書かれるんですかね」

実は時々私も、ホラー寄りの作品を書くことがある。しかしなぜそれを書きたいと思ったのか、改めて考えると、自分でもよく分からなくなった。

問いかけに、日常的なホラーを得意とするその作家は、少し考え込んでからこう答えた。

「それまで均衡を保っていた営みが、ホラーな現象を起点に崩れ、そこに生きている人たちの、その現象がなければ表に出なかった側面が、引きずり出されるからかな」

おそらく日常的なホラーだけでなく、日常的なミステリーにも、近いことが言えるのではないかと思う。それまで均衡を保っていた営みが、謎を起点に崩れ、そこに生きている人たちの、その現象がなければ表に出なかった側面が――その先が、もしかしたらホラーとミステリーの分かれ道かもしれない。ホラーは、引きずり出される。日常を保持しようとする様々な力は押し負け、裂け目から怪異があふれる。言い換えれば、力のせめぎ合う時間がある程度は存在する。

それに対してミステリーは、明かされる。暴かれる、と言い換えてもいいかもしれない。探偵役によって謎が解かれる行為は、多くの場合、それほど作中の時間をかけないワンシーンで完遂される。まるでおもちゃ箱をひっくり返したように、真相が、手法が、動機が、ある人物の未知の側面が、登場人物たちの目の前にぶちまけられる。第一話で暴かれたのは、巴瑠の恋人である一誠の思いがけない秘密だった。付き合い始めて、半年。巴瑠の体感時間と、一誠の体感時間のズレはこうして生まれていたのかと、しみじみと納得する素晴らしい仕掛けだ。

この秘密はほんのわずか、一誠が言葉の選択をしくじらなければ暴かれなかったかもしれない、という点が興味深い。そこに謎があると気づかれなければ、形式的とはいえもっとスムーズに、時間をかけずに二人は結ばれただろう。このような、いっそ解かない方がそれぞれの人生の波風が少なかったかもしれない謎が多く扱われていることも、本書の特徴の一つだ。理解すれば、辛《つら》いこと。いっそ知らないままで居たかった苦い事実は、人生の其処此処《そここ》に存在する。

しかし岡崎さんの物語はそれを暴く。そしてひっくり返されたおもちゃ箱のような真相から、その人物にとって必要なもの、意味のあるものを、非常に的確な手さばきで拾わせる。

重要でないことに惑わされてはいけない、と巴瑠は思った。

重要でないこと、それなのにやたらと派手で目を引くこと、世間では意味があるとされていることを避けて、避けて、彼女ら彼らがつまみ上げた自分の本心は、一粒の宝石のように尊い。

その一粒を拾うために、岡崎さんの物語の謎は解かれるのだと思う。そして宝石を拾うためには、他の雑多なくず石から価値のあるもののみ選り分ける、胆力に裏打ちされた綿密さが必要なのだ。

さらには第三話「レジンの空」のように、一つの真相から複数の、お互いを打ち消し合う宝石が拾われるケースも書かれている。起こった出来事の悪意に絡めとられるべきではなく、恋人である二人がいまより幸せになるためには、どのような判断が適切なのか考えるべきだ、という巴瑠の意見。いや、悪意を考慮から外すのではなく、ともに乗り越えてほしいと願う一誠の意見。どちらも視点人物である友則にとって、本心に添う宝石だった。

二粒の異なる本心をどう扱うか。物語がうながした結末は、まるで色合いの異なる宝石を結び合わせてアクセサリーを作り、心全体を俯瞰《ふかん》した上で、友則に行動選択を促すような巧みさと柔軟性を備えていた。

タイトルであり、作中に登場する雑貨店の店名でもある「ぷらんたん」は、フランス語で春を意味する言葉だ。

本書ではたくさんの登場人物が一人では解けない謎を抱え、心に鬱屈《うっくつ》を溜《た》めている。誰とも分かち合えないと感じるほど個人的で、孤独な地層に埋まる謎もある。息苦しいほど脆弱《ぜいじゃく》な自分や、救いがたい悪意を正視して解かなければならない謎もある。

しかし痛みを覚悟してその謎を解いたとき、硬い冬の大地を割って芽が顔を出すように、彼女たちの人生に春がやってくる。テーマの深さや重さを漏らさず書き切り、その上でエネルギーに満ちた暖かい地表まで、きちんと読者を送り届けてくれる、良質で心楽しい作品だった。

（令和三年一月、作家）

この作品は平成三十年一月新潮社より刊行された。

彩瀬まる著
あのひとは蜘蛛を潰せない
28歳。恋をし、実家を出た。母の〝正しさ〟からも、離れたい。「かわいそう」を抱えて生きる人々の、狡さも弱さも余さず描く物語。

彩瀬まる著
暗い夜、星を数えて
—3・11被災鉄道からの脱出—
遺書は書けなかった。いやだった。どうしても、どうしても——。東日本大震災に遭遇した作家が伝える、極限のルポルタージュ。

彩瀬まる著
朝が来るまでそばにいる
「ごめんなさい。また生まれてきます」——生も死も、夢も現も飛び越えて、すべての傷みを光で包み、こころを救う物語。

澤村伊智・彩瀬まる・木原音瀬・樋口毅宏・窪美澄著
ここから先はどうするの
—禁断のエロス—
敏感な窪みに、舌を這わせたい。貴方を埋めたいと、未通の体が疼く。歪な欲望が導く絶頂、また絶頂。五人の作家による官能短編集。

似鳥鶏・友井羊・彩瀬まる・芦沢央・島田荘司著
鍵のかかった部屋
—5つの密室—
密室がある。糸を使って外から鍵を閉めたのだ——。同じトリックを主題に生まれた5種5様のミステリ！豪華競作アンソロジー。

加納朋子著
カーテンコール！
閉校する私立女子大で落ちこぼれたちを救済するべく特別合宿が始まった！不器用な女の子たちの成長に励まされる青春連作短編集。

梨木香歩著

裏 庭

児童文学ファンタジー大賞受賞

荒れはてた洋館の、秘密の裏庭で声を聞いた――教えよう、君に。そして少女の孤独な魂は、冒険へと旅立った。自分に出会うために。

梨木香歩著

西の魔女が死んだ

学校に足が向かなくなった少女が、大好きな祖母から受けた魔女の手ほどき。何事も自分で決めるのが、魔女修行の肝心かなめで……。

梨木香歩著

からくりからくさ

祖母が暮らした古い家。糸を染め、機を織る、静かで、けれどもたしかな実感に満ちた日々。生命を支える新しい絆を心に深く伝える物語。

梨木香歩著

りかさん

持ち主と心を通わすことができる不思議な人形りかさんに導かれて、古い人形たちの遠い記憶に触れた時――。「ミケルの庭」を併録。

梨木香歩著

エンジェル エンジェル エンジェル

神様は天使になりきれない人間をゆるしてくださるのだろうか。コウコの嘆きがおばあちゃんの胸奥に眠る切ない記憶を呼び起こす。

梨木香歩著

春になったら 苺を摘みに

「理解はできないが受け容れる」――日常を深く生き抜くことを自分に問い続ける著者が、物語の生れる場所で紡ぐ初めてのエッセイ。

畠中恵著

しゃばけ

日本ファンタジーノベル大賞優秀賞受賞

大店の若だんな一太郎は、めっぽう体が弱い。なのに猟奇事件に巻き込まれ、仲間の妖怪と解決に乗り出すことに。大江戸人情捕物帖。

畠中恵著
高橋留美子ほか

しゃばけ漫画
―仁吉の巻―

高橋留美子ら7名の人気漫画家が、「しゃばけ」の世界をコミック化! 若だんなや妖たちに漫画で会える、夢のアンソロジー。

畠中恵著

アコギなのか
リッパなのか
―佐倉聖の事件簿―

政治家事務所に持ち込まれる陳情や難題を解決するは、腕っ節が強く頭が切れる大学生!「しゃばけ」の著者が贈るユーモア・ミステリ。

畠中恵著

さくら聖・咲く
―佐倉聖の事件簿―

政治の世界とは縁を切り、サラリーマンになる。そう決意した聖だが、就活には悪戦苦闘!? 爽快感溢れる青春ユーモア・ミステリ。

畠中恵作
柴田ゆう絵

新・しゃばけ読本

物語や登場人物解説などシリーズのすべてがわかる豪華ガイドブック。絵本『みぃつけた』も特別収録!『しゃばけ読本』増補改訂版。

畠中恵著

つくも神さん、
お茶ください

「しゃばけ」シリーズの生みの親ってどんな人? デビュー秘話から、意外な趣味のこと、創作の苦労話などなど。貴重な初エッセイ集。

芦沢 央著

許されようとは思いません

入社三年目、いつも最下位だった営業成績が大きく上がった修哉。だが、何かがおかしい。どんでん返し100％のミステリー短編集。

米澤穂信著

ボトルネック

自分が「生まれなかった世界」にスリップした僕。そこには死んだはずの「彼女」が生きていた。青春ミステリの新旗手が放つ衝撃作。

米澤穂信著

儚い羊たちの祝宴

優雅な読書サークル「バベルの会」にリンクして起こる、邪悪な5つの事件。恐るべき真相はラストの1行に。衝撃の暗黒ミステリ。

米澤穂信著

リカーシブル

この町は、おかしい――。高速道路の誘致運動。町に残る伝承。そして、弟の予知と事件。十代の切なさと成長を描く青春ミステリ。

米澤穂信著

満願

山本周五郎賞受賞

磨かれた文体と冴えわたる技巧。この短篇集は、もはや完璧としか言いようがない――。驚異のミステリー3冠を制覇した名作。

伊与原 新著

青ノ果テ

―花巻農芸高校地学部の夏―

僕たちは本当のことなんて1ミリも知らなかった――。東京から来た謎の転校生との自転車旅。東北の風景に青春を描くロードノベル。

桜庭一樹著

青年のための読書クラブ

山の手の名門女学校「聖マリアナ学園」。謎と浪漫に満ちた事件と背後で活躍する読書クラブの部員達を描く、華々しくも可憐な物語。

古野まほろ著

R.E.D. 警察庁特殊防犯対策官室

総理直轄の特殊捜査班、女性6人の精鋭チームが謎のテロリスト〈勿忘草《ワスレナグサ》〉を追う。元警察キャリアによる警察ミステリの新機軸。

月原　渉著

使用人探偵シズカ

―横濱異人館殺人事件―

謎の絵の通りに、紳士淑女が縊られていく。「ご主人様、見立て殺人でございます」。奇怪な事件に挑むのは、謎の使用人ツユリシズカ。

青柳碧人著

猫河原家の人びと

―一家全員、名探偵―

謎と事件をこよなく愛するヘンな家族たち。私だけは普通の女子大生でいたいのに……。変人一家のユニークミステリー、ここに誕生。

堀川アサコ著

おもてなし時空ホテル

～桜井千鶴のお客様相談ノート～

過去か未来からやってきた時間旅行者しか泊まれない『はなぞのホテル』。ひょんなことからホテル従業員になった桜井千鶴の運命は。

吉川トリコ著

マリー・アントワネットの日記

(Rose/Bleu)

男ウケ？　モテ？　何それ美味しいの？　時代も国も身分も違う彼女に、共感が止まらない！　世界中から嫌われた王妃の真実の声。

春《はる》待《ま》ち雑《ざっ》貨《か》店《てん》　ぷらんたん

新潮文庫　　お－110－1

令和三年三月一日発行

著者　岡《おか》崎《ざき》琢《たく》磨《ま》

発行者　佐藤隆信

発行所　株式会社新潮社

郵便番号　一六二—八七一一
東京都新宿区矢来町七一
電話　編集部(〇三)三二六六—五四四〇
　　　読者係(〇三)三二六六—五一一一
https://www.shinchosha.co.jp

価格はカバーに表示してあります。

乱丁・落丁本は、ご面倒ですが小社読者係宛ご送付ください。送料小社負担にてお取替えいたします。

印刷・錦明印刷株式会社　製本・錦明印刷株式会社

ISBN978-4-10-102561-2 C0193